亞德
前最強「魔王」。因為美加特留姆事變，和自己的力量做了了結。目前返鄉中。
「我想今晚應該可以讓各位感受她有了多少長進。」
「如今我已經是全校廚藝最好的一個了！」
「好……好厲害……！人類的可能性真的是無限大呢……！」
亞德的母親，和傑克並稱為傳說的大魔導士。個性文靜，臉上始終有著笑容。

「我……不想變成『大家』當中之一。
我想變成亞德你特別的人。」
伊莉娜
充滿正義感的精靈族少女。
對於亞德的心境變化，似乎
有些心事……？

史上最強大魔王轉生為村民A

The Greatest Maou Is Reborned To Get Friends

6

前村民A

下等妙人
Illustration ＝水野早桜

Kadokawa Fantastic Novels

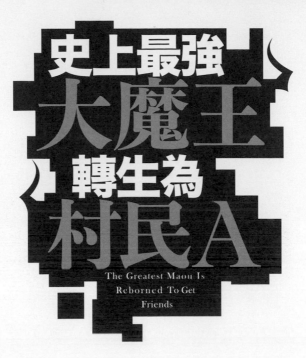

CONTENTS

The Greatest Maou Is Reborned To Get Friends
Presented by Myojin Katou
and Sao Mizuno

第七十一話　前「魔王」得知朋友的危機

「亞德真有一套！竟然空手就抓住這麼大的野豬！」

「呵呵，伊莉娜小姐才厲害呢，竟然找到了這麼多難得一見的香菇，妳的豪運真不是蓋的。」

在一條被人踏出來的山路上。

我和伊莉娜沐浴著從樹葉縫隙間照射下的陽光，扛著自己打來的獵物行走。

我們的學校拉維爾國立魔法學園，也有所謂的暑假制度。

是長達二十天的長假。我和伊莉娜利用這段長假，回到自己出生長大的村莊。

睽違多時地享受著當個平凡村民的生活。

「只是話說回來，真的好久沒有像這樣，這麼長的時間只有我們兩個人獨處了呢，伊莉娜小姐。」

大家過暑假的方法都大同小異。

無論貴族還是平民都回到老家，和家人一起生活。

和我們特別要好的吉妮也一樣。

另外，沒有地方可以回去的席爾菲，則說「我有種不好的預感，所以要去進行武者修行！」就踏上了旅程。

因此，我好久沒有像這樣過著和伊莉娜小姐獨處的時間，然而……

「該怎麼說，好寂寞啊。平常都在的面孔不在了以後。」

「是啊……坦白說，是有點寂寞。可是……」

「可是？」

「只要有亞德陪在身邊，這點寂寞根本沒什麼大不了的！」

本日我們伊莉娜小妹妹的笑容，一樣如此耀眼。

我一邊和這樣的她開心談話一邊走著山路，最後抵達了村莊。

「喔，亞德你回來啦！」

「伊莉娜也辛苦了。」

「有點曬黑了呢，妳要好好護膚喔。」

走回家的路上，村民們爽朗地和我們打招呼。

這個瞬間，讓我強烈體認到，土生土長的故鄉真是好地方。

接著我們回到了梅堤歐爾家。

「喔喔，你們回來啦？」

「哎呀呀～～今天收穫也好多呢～～」

「呵呵，該說是感謝山對我們的賜予吧。」

我的父母傑克與卡拉，以及伊莉娜的父親懷斯，迎接我們回家。

今天他們父女要在我們家過夜聚會。

梅堤歐爾和歐爾海德兩家的家長之間非常熟識，他們父女倆會頻繁來我家過夜。這情形從我和伊莉娜小時候就一直延續至今，因此我們就像兄妹一樣一起長大。

「本日我將以野豬肉與罕見菇類為主菜，提供一桌山珍料理。接下來我要開始烹調，還請各位稍待。」

「我也來幫忙！」

「咦！伊……伊莉娜妳還是跟我們一起閒聊吧！好不好？」

「就……就是啊～～烹飪還是交給亞德吧？」

「可不可以跟爸爸說些妳在學校的回憶呀？」

由於大家知道伊莉娜的廚藝水準，都冒起冷汗。

伊莉娜對他們鼓起了臉頰。

「真是的！我也有在長進好嗎！」

「是啊。伊莉娜小姐說得沒錯。請各位放心，我想今晚應該可以讓各位感受她有了多少長進。」

接著我們開始解體野豬，進行烹調。

簡單的肉排、清爽的涼鍋等五花八門的料理擺上了餐桌。

「來，敬請享用。」

眾人先面面相覷，然後戰戰兢兢地嚼了一口。這一瞬間——

「好……好好吃！這玩意兒好吃到不像是伊莉娜有參與啊！」

「好……好厲害……！人類的可能性真的是無限大呢……！」

「對自己女兒說這種話也不太好，可是伊莉娜，妳真的有幫忙嗎？如果妳幫忙了還做得這麼好……那妳的長進真的是大得連我都嚇一跳呢。」

伊莉娜集眾人讚賞於一身，挺起大大的胸膛，得意地「哼」了一聲。

「我可不會一直都那麼不會烹飪！還不只這樣！如今我已經是全校廚藝最好的一個了！」

這話確實沒錯。證據就是，伊莉娜在校內，還曾與史上最強廚師一族的男生進行烹飪對決，獲得了勝利。

……包括這件事在內，在學校發生了很多事情呢。

這一切都是很好的回憶。

「呵呵，看來送你們去學園，果然是正確的選擇。」

「而且看來亞德也學到了常識～」

「也交到了很多朋友吧？你和小時候不一樣，表情開朗多啦。」

「是啊，學校裡的大家人都非常好。」

我們自然而然地熱絡聊起學校的話題。

聊著聊著，懷斯不經意地說出了這樣的話來：

「對了，奧莉維亞大人的情形怎麼樣啊？她還是忙著到處奔波嗎？」

「是啊。因為上次那件事，讓她的立場變得接近國家元首。她說暑假期間，每天都忙著參訪各國。」

「該怎麼說，還真的很多事情很辛苦啊。」

「就是啊～最近大陸的情勢很動盪。」

「但願不會發生動亂啊。」

上次那件事……宗教國家美加特留姆發生的那場騷動觸發下，如今大陸內已經陷入冷戰般的狀態。

一方是我國拉維爾魔導帝國及同盟國。

而厭惡這方勢力的國家，則以美加特留姆為首，組成了反拉維爾派。

雙方就維持在互相對峙、一觸即發的狀態。

但話說回來——

「有奧莉維亞大人在奔走，而且政治上也不可能發生大戰之類的事情。雖然也許會有小規模的紛爭，但那就像是河川上小小的漣漪，相信很快就會消失了吧。」

大陸內的緊張情勢遲早會散去。如果並未如此發展，就由我來一掃而空。

就在我把這樣的氣概表現在臉上的瞬間——

家裡聽見了門鈴聲。

「……有客人嗎？」

怪了，會是誰呢？是隔壁的梅迪烏斯來這裡白吃白喝嗎？

我迅速站起，前往玄關迎接客人。

伊莉娜理所當然地跟著我來。

接著，就在開門的同時，我們同時露出了狐疑的表情。

「記得妳是……」

這個訪客實在太令人意外。

站在門口的是一名少女。

她容貌姣好，但和伊莉娜她們不同，並不會給人強烈的印象。

算是低調美少女的這名少女，是之前在美加特留姆見過的……

我國特種祕密機關「女王之影」旗下的人物。

「呃，不好意思，請問妳的名字是？」

「……卡爾米亞。」

少女卡爾米亞面無表情，回答得語氣平板。

我對她問起：

「請問今天有什麼事情呢？」

她都特地來到這村子了，想來肯定不是什麼好事。

我是多少有了心理準備。

然而，即使如此。

當我聽到卡爾米亞小小的嘴唇所紡出的答案那一瞬間——

我以及伊莉娜，都不由自主地瞪大了眼睛。

「阿賽拉斯聯邦對我國宣戰。就在日前，對薩爾凡家與史賓瑟家所治理的領地，發動了侵略行為。」

第七十二話　前「魔王」受到阻撓

這大陸上有著五個大國。

我們所住的拉維爾魔導帝國。

以矮人為中心的哥地納共和國。

有無數人種交融的薩非利亞合眾國。

精靈族擁有特權的維海姆皇國。

以及……蠻族國家阿賽拉斯聯邦。

以前我和伊莉娜被捲進去的那場宗教國家美加特留姆的動亂，五大國都高度參與。

以「魔族」為中心的反社會組織「拉斯・奧・古」（Ra's al Ghul），活動正日益活絡。為了對抗這股勢力，於是由美加特留姆作為仲介，讓五大國締結同盟。

為此五大國的元首群齊聚一堂，然而……

當時發生的重大事件，讓五大國結盟這件事付諸流水。

幕後黑手是美加特留姆的總指揮，也是世界最大宗教「統一教」的首長——萊薩・貝爾菲尼克斯。由這個曾登上過去我軍中最強武官四天王寶座的人所策劃的事件，成了解決我個人問題的機會，但同時，拉維爾魔導帝國卻也從此在大陸上陷入了被視為絕對之惡的立場。

然而多虧奧莉維亞親上火線應對，讓事態多少平息了幾分，我本來還以為今後不太可能會有太大的風波。

看來我太小看阿賽拉斯聯邦之主德瑞德的瘋狂。

「竟然在這種時期舉兵，真不知道在想什麼。」

我在玄關口皺起了眉頭。

「……我同意。那個國家做出來的好事，怎麼看都只能說是暴舉。」

卡爾米亞是否也頗有感觸呢？她那面具般沒有表情的臉上，多了些許嫌惡。而伊莉娜似乎也一樣。

「竟然在這種時期舉兵……！一個弄不好，難保不會爆發五大國之間的大戰吧……！」

沒錯，如今五大國分為拉維爾派與反拉維爾派，雙方互看不順眼，陷入了就像即將脹破的氣球一般危險的狀態。

這種平衡得以不破裂，全是靠著政治上的盤算。

雖然目前算是拉維爾派的國家，就只有薩非利亞合眾國。但這個大國靠向我方，就讓名目上高舉反拉維爾派大旗的哥地納共和國，也被迫陷入兩難的局勢。

因為這兩國之間，有著非常密切的貿易關係。

又或者，也可以說是主從關係。

哥地納共和國所出口的品項，需求度不足以吸引他國。

相較之下，薩非利亞合眾國的食品產業很強勢，尤其水資源很多。

哥地納共和國沙漠地帶很多，水資源經常瀕臨枯竭。

對這樣的共和國而言，從合眾國進口的水資源，就是必需品中的必需品。

他國也是一樣，水資源並非特別豐富，沒有餘力出口。

這樣的狀況下，若有哪個國家對拉維爾展開攻勢，薩非利亞合眾國當然會和拉維爾組成共同戰線。

就結果而言，合眾國肯定會挾水資源來要脅共和國。

一旦演變成這樣的情形，哥地納共和國將會做出什麼樣的選擇呢？

無論他們做出什麼樣的選擇……一旦爆發爭端，考慮到為政者的盤算與政治的束縛等因素，戰爭肯定會極盡混沌之能事。

正因如此，反拉維爾派的諸國，才會直到今天，都還停留在小小的示威行動。

然而，在這樣的情勢下，阿賽拉斯聯邦卻不看氣氛，展開了攻勢。

所以現在各國首腦群想必都忙翻天了吧。

「……那麼，今上找我們有什麼事呢？」

「首先，要請各位前往薩爾凡與史賓瑟兩家的領地。接著——」

「救出吉妮他們，這樣就行了吧！」

卡爾米亞點了點頭。

薩爾凡是吉妮的老家。史賓瑟是艾拉德的老家。

這兩個家族自古以來就處於主從關係，從國家誕生的年頭，就一直鎮守廣大的領地至今。

這次受到侵略的是位於邊境的都市，據說如今城內已是一片血海。

為了對抗進攻，吉妮和艾拉德多半也已經出陣。

他們雖然還是孩子，卻是高階貴族的長子。有戰事時，被委以統帥一軍的重任也不奇怪。

「吉妮同學不會有事。那麼要擔心的就是艾拉德同學，是吧。」

那是以前我們被一個神祕少年送到過去時發生的事情。我為了讓伊莉娜與吉妮在古代世界能夠保護自己，製造了威力強大的魔裝具，交給了她們兩人。

由於這種魔裝具能夠憑自己的意思召喚，也不用擔心會被敵人搶走。

只要那些魔裝具還在，那麼除非遇到非常難以應付的狀況，不然吉妮應該是不用擔心。

相對的，艾拉德就沒有這樣的保證。

「……雖然是剛入學就起過爭執的對象，但現在的他，對我來說已經漸漸成為一個朋友。我不能讓他送命。」

美加特留姆事變中，大家趕來助陣之際，艾拉德也是其中的一員。因此我不想讓他戰死。

「這件工作，我接下了。我們立刻前往現場吧。卡爾米亞小姐，要麻煩妳和我們的雙親解釋了。」

「我明白了。」

事態已經緊迫到沒有時間道別。

因此我……不打算採用馬車這類正常的交通工具。

「那麼，我們轉移過去。妳做好心理準備了吧，伊莉娜小姐？」

「好了，完全沒問題！」

我們對看一眼，相視點頭。

接著我施展空間轉移魔法，瞬間移動到目的地。

這個魔法只能前往曾經去過的地方。但進入學園短短幾個月，我接連被捲入各式各樣的麻煩，結果就是足跡已經遍及全國。

因此，也曾去過這次要去的邊境都市。

因此我不可能轉移不過去。

沒錯，我不可能辦不到。

然而——我施展魔法，意識一瞬間轉黑之後。

緊接著，我和伊莉娜已經站在一個陌生的地方。

「呃，難不成……是敵人的攻擊，把市街變成了『森林』？」

伊莉娜大惑不解地連連眨眼，環顧四周。

森林——沒錯，就是森林。我們站在茂密的綠意當中。

「……不是的，伊莉娜小姐。這裡完全是森林。完全沒有本來是城鎮的可能。」

「咦?這、這麼說來，難道……」

「是啊。看樣子，轉移失敗了。」

「不……不會吧!亞德竟然會失誤!」

伊莉娜難以置信地睜圓了眼睛，我對她搖了搖頭。

「不，這不是我的失誤。我們完全落入了敵方的計謀中。」

「敵方的……計謀？」

「是啊。敵方事先料到了我們會轉移。因此，他們設下了機關，讓我們為了轉移到城鎮

而發動魔法時，就會轉移到這森林來。」

也就是所謂的妨礙術式。

在轉移魔法用得理所當然的古代，這樣的防範措施極為普及，然而……

現代能夠運用這種術式的人非常有限。

其中的代表性例子，應該就是他吧。

「伊莉娜小姐，還請千萬不要大意。照這情形看來，這也許是遠超出想定範圍的天大陰謀之一環。接下來發生什麼事情都不奇怪，實實在在與魔境無異。還請妳隨時都要繃緊神經。」

「嗯……嗯。」

伊莉娜微微點頭，我也點頭回應她：

「那麼關於今後，為了救出吉妮同學與艾拉德同學，我們也必須對這妨礙術式做出對應。」

我一邊說，一邊環顧這充滿綠意的森林景觀。

由於處在夜間，能見度接近最差。斷斷續續聽得見鳥、昆蟲與野獸的叫聲。

我在這樣的環境裡，窺見了術式的一斑。

「……妨礙我們轉移的對手，果然不是泛泛之輩。」

不只是在森林內部建構單純的魔法陣，甚至對多種動物與植物，都賦予了術式的作用。

據我所知，這麼複雜的內容，只有一個人能夠形成。

前四天王——萊薩・貝爾菲尼克斯。這個上次事件的幕後黑手，和這次的動亂也有很大的關聯。

雖然不清楚他的目的，但總之我們該做的事情只有一件。

「我們要探索森林。術式張設在這整個區域內。只要能夠感測到所有內容，解析完畢，就能夠讓妨礙術式失效。」

我先說完話，然後創造出光源。這是在暗處最常用的魔法「探照光（Search Light）」。我讓多個發出亮光的球體顯現出來，將四周照得明亮。

「夜晚的森林視野非常惡劣。請不要只注意腳下，對四周都要全方位留意。」

「是啊。不然走沒幾步，就會摔得全身都是泥巴了。」

我們本來就是村民，因此熟悉夜晚的深山這種類似的環境。

正因如此，行進得十分順暢。

我們並未被地面的植物絆倒，也並未被毒蛇咬到。

熟門熟路到就像在庭院裡散步那樣，在森林裡四處走動。

接著——極其理所當然的情形來了。

沒錯，是陷阱魔法。

森林裡滿是用來妨礙解析的機關。

然而——

「伊莉娜小姐，千萬不要踩到那邊的地面。不然會有熟悉的轟隆巨響傳進耳裡。」

「也對，我會小心。爆炸這回事，光席爾菲就夠我受的了。」

布置得十分巧妙的陷阱，也瞞不過我的眼睛。

「伊莉娜小姐，千萬不要碰這棵樹。」

「碰了會怎麼樣？」

「頭會被炸得粉碎。」

「好……好狠啊。」

要看穿並避開所有陷阱前進，實是輕而易舉。

看來敵方是徹底要絆住我們，但我不會讓他們得逞。

解析也幾乎都已經完成，只要再有幾分鐘，就可以讓妨礙術式失效

——結果就在這樣的時間點上，彷彿對方早已算準這一刻，四周的氣氛全然變了。

就在感受到緊繃感的瞬間，我下意識地發動了防禦魔法。

疊了三層的「大障壁術（Mega Wall）」。半透明的球狀膜，覆蓋住了我和伊莉娜。

緊接著，閃電從四面八方射來。

無數紫電響著雷聲，以近乎光的速度湧來。

無數葉脈狀的雷電，在我的防禦魔法上打著正著，隨即消滅。

然而……

形成三重結構的「大屏障術」護膜，有一片遭到了破壞。

「哦？本事相當不錯啊。」

我悠然地沉吟著。

伊莉娜仍然不發一語，神情緊張。

我朝先前朝我們展開攻擊的對手看去。

一棵特別大的樹旁，站著一名披著黑色斗篷的男子。

我不認得此人。但對方是什麼樣的人物，我隱約察覺得到。

「你是『魔族』吧？」

對方並未回答。取而代之的是……

蘊含了強烈殺氣的尖銳目光。

「……亞德．梅堤歐爾，以及伊莉娜．利茲．德．歐爾海德。賭上我的性命，我也要把你們留在這裡。」

我朝他那有著淒厲覺悟的眼睛，微微一笑。

接著開口說話。

就像我過去被人稱為「魔王」時那樣。

「我會壓倒你的氣概，繼續前進。」

第七十三話　前「魔王」與森林中的對決　前篇

「雖然只是一層，但你能打穿我一層防禦魔法，這本事可說相當了不起……可以請教你的大名嗎？」

男子的回答十分冷淡。

「我沒打算報上名號給即將死去的人聽。」

「魔族」男子尖銳地撂下這句話，隨即展開攻勢。

與先前一樣，無數雷電交錯。

巨響震耳欲聾，強光燒灼眼睛。

這攻擊堪稱驚濤駭浪。然而——

「哼！這種東西哪會管用！」

伊莉娜說得沒錯。

敵方使出的雷擊，甚至已經無法在保護我們的防禦膜上造成一丁點損傷。

「他們多半已經把我的能力告訴你了吧？只要是我看過的魔法，就不會再管用了。你的

魔法的確有著出色的威力……但無法攻略我的異能。」

解析與支配——面對這樣的能力，所有魔法都將變得無力。

男子所使出的雷擊魔法，再也不具有任何效力。

「你這怪物……！」

從斗蓬露出的表情苦澀扭曲。

「我不會害你，撤退吧。憑你的本事要絆住我們，實在是差得遠了。」

我這提議純粹出於善意，但對方當然不可能聽進去。

「魔族」男子憤怒得滿臉通紅，大喊：

「不要小看我！」

緊接著，我們周圍浮現出無數的幾何圖案。

哦？可以同時行使七種魔法？現代出生的人，幾乎全都連雙重詠唱（Double Cast）都辦不到，他卻使出了七重詠唱（Sevens Cast）。

的確，他會被派來絆住我們，是其來有自。

只是即使如此，實力的不足仍無從否定。

「吃我這招！」

隨著這聲呼喊，魔法陣發出無數屬性魔法。

簡直像是由大群魔導士進行的齊射。

巨響響個不停，掃平了周遭的樹木。

孤身一人就擁有連環境都加以改變的力量嗎？

但無論是什麼魔法，在我的異能下都派不上任何用場。

所有攻擊連屏障都無法損傷，憑空消失。

即使如此，他仍不死心，持續以魔法攻擊。

我想到了橫衝直撞這句話……嗯，看來並非如此。

這華麗的魔法攻擊，似乎是幌子。

「『開啟』！『我的領域』！」

兩小節的詠唱之下，新的魔法發動了。

這多半就是對方真正要出的招，也是他的王牌。

就在發動的同時，周圍的空間扭曲……景觀有了劇變。直到前不久，我們都還置身於深夜的森林，現在卻變成了白天的沙漠地帶。

「這……這是怎樣！」

「哦？專有空間嗎？」

「專……專有空間？」

「是啊。是空間類魔法的巔峰。比一些半吊子的『專有魔法（original）』更強大的魔法。只是在現代被視為已經失傳的技術……這可實在了不起。」

我對站在眼前的「魔族」男子送出掌聲。

看來這樣的行為，反而刺激了對方。

「看我轟掉你這老神在在的態度！」

他大吼一聲，在蒼穹中召喚出無數的劍。

緊接著飛劍下墜。

我試圖對這些破風湧來的劍刃發動防禦魔法。

「……伊莉娜小姐，還請千萬不要尖叫。」

「咦？」

我本想張設給自己和伊莉娜用的兩人份屏障。

但專有空間的效力影響，讓我無法如願。

有個概念叫做妨礙發動（Jamming）。看樣子在這個空間裡，展開的就是這種效果。

因此，我的力量被弱化到只剩平常的幾千分之一。

妨礙發動的效果，讓我陷入只能施展初階魔法的狀態。因此，我只勉強能夠為伊莉娜一人，架構出足以抵擋這波攻擊的屏障。

我自己則無法抵禦這無數劍刃……不知不覺間，已經全身都被割裂。

「亞……亞德！」

相信我現在的模樣一定慘不忍睹吧。

就連伊莉娜，也看到我悽慘的模樣而臉色發青。

相反的，「魔族」則誇耀地大笑。

「哼哈哈哈哈哈！在專有空間內，我加拉蒙就和神沒有兩樣！哪怕你是多厲害的神童，一旦進了專有空間內——

「神……是嗎？你口氣可真大。不過，連個小孩子也殺不了，應該算不上神吧？」

我打斷對方說到一半的話。緊接著，男子眼睛大睜。

「你……你這傢伙，怎麼回事……！你……你應該死了……！受……受到這種傷，不可能活著……！」

「是啊，我確實死了。只是啊——」

我嘴唇浮現出笑意，斷言說：

「只殺了一次，可沒辦法消滅我（魔王）。」

接著，受到的傷害如時間倒流似的逐漸消失。到剛才還是幾近被分屍的模樣，現在則已經變成和平常沒有兩樣了。

「太……太離譜了……！這麼高水準的回復魔法，在這個空間內應該用不出來……！」

他會這麼驚愕也理所當然。

在專有空間內，發動者無異於神。而他說的話是事實。

在專有空間的內部，一切都會絕對遵守發動者所定的規則，效力甚至對我也管用。這也就表示……先前的現象，並不是由高度的回復魔法所造成。

我笑著說出了這樣的現實。

「我可沒施展魔法喔。哦？這個說起來啊……算是我靈體上的個性嗎？」

我擁有近乎無限的靈體，除非一瞬間把這些靈體全都同時消除，否則我就不會斃命。是將詛咒魔法大肆應用到不留原形的地步，最後才形成的，我的特有魔法。

「不可能……！這不可能啊，你這傢伙……！」

「是嗎？這又不是實現了完全的不死，對我來說，這點小事也沒什麼好自誇的就是了。」

我就只是說出真心話，但對方似乎當成了挑釁行為。

他以摻雜怒氣與焦躁的表情瞪著我……

然後把目光朝向站在我身旁的伊莉娜。

「你也有弱點！我要針對你的弱點！」

他大喊的同時，伊莉娜的聲息消失了。

因為她從我身旁，被轉移到了敵人身旁。

「唔！」

伊莉娜睜大眼睛，驚愕不已。

他抓住她的頸子，一把拉向自己。

「亞德．梅堤歐爾！如果不希望這女的被殺，你就自殺吧！」

他說出這樣的台詞。

「真受不了。原來你終究也只是個卑鄙小人嗎？我本來還肯定你相當有本事，看來我得更改我的評價呢。」

「隨你怎麼說！只要是為了大義，我心甘情願淪為惡徒！」

「魔族」男子在抓住伊莉娜脖子的手上加重力道，繼續呼喊：

「告訴你，我折斷這女人細細的脖子花不到一秒鐘！如果不希望這樣，就趕快自殺！」

「嗯。照我本來的認知，還以為伊莉娜小姐對你們而言，是重要的活祭品呢。」

「魔族」男子什麼話都不回答。這也難怪。如果會在這種時候說出組織內的情形，那才真的是三流都算不上。

……想來多半是組織內的方針有了改變吧。他散發出的殺氣是真的。他是真的要殺了伊莉娜。而她本人似乎也察覺到了。

「亞……亞德……！」

她眼神中多了緊張與恐懼，呼喚我的名字。

然而，她並非只是手無縛雞之力的弱女子。

她是個很倔強，心中有著確切覺悟的少女。因此——

「不……不用擔心我。就算我死了，也能用亞德的魔法復活我吧？所以……連我一起轟了吧！」

最後吼出這句話時，恐懼與緊張已經從她的眼神中消失。

取而代之的，只有淒厲的覺悟。

「嗚……！女人！別多嘴，小心我殺了妳！」

男子冒著冷汗，抓住她脖子的手更加用力。

然而，伊莉娜不退縮。

只將要我連著她和敵人一起解決的意思傳達給我。

當然了，這種想法只能駁回。

「不可以，伊莉娜小姐。不能這麼輕率地看待生命。」

「可……可是……！」

「請不用擔心。我本來就無意自殺。因為勝負已經分出來了。」

我露出滿面笑容，對「魔族」男子說話：

「你說我不自殺，就要殺了這個少女。那就請吧，儘管試試看。那也得要你有這本事就是了。」

他似乎將這番話看成挑釁，氣得滿臉通紅，同時……

「你敢小看我……！你以為我不敢嗎？那我就讓你看看！看清楚了我捏死你女人的瞬間！」

看來他很容易激動。

一旦殺了她，她作為人質的意義就會消失，他卻仍任由憤怒驅使。

只是話說回來，這傢伙殺死伊莉娜的場面，是永遠不會來臨了。

證據就是……

「唔，嗚……！」

他從斗蓬下露出的臉孔，浮現不解的神色。

「這是……怎樣……？使不上……力氣……！」

他多半是真心想折斷伊莉娜的脖子，但不管過了多久，他的目的都並未達成。

「你……你這傢伙……！做了什麼……！」

他似乎認為我動了什麼手腳。

「魔族」男子忿忿地看著我。他的眼神裡，有著像是看著無以名狀之物時會有的畏懼。

而他也似乎就是因此，做出了很實際的判斷。

「既然如此……！雖然不甘心，但也只能躲到底……！我至少要達成絆住你們這個當初的目的……！」

他多半是想藏身於這專有空間內吧。

然後變更空間內的規則。例如讓我無論動用多高度的魔法，都絕對找不到他，差不多就是這樣吧。

然而——這是白費心機。

「！為……為什麼！為什麼……無法隱身？」

果然是打算躲起來嗎？然而，他的身影並未消失。

「明明用了魔法，卻莫名地無法發動——你多半這麼想，但你錯了。加拉蒙先生，你並未施展魔法。」

「亞……亞德・梅堤歐爾……！你……你這傢伙做了什麼！」

「沒做什麼特別的事情。我將神的寶座從你手中奪走，就只是這樣。」

我這麼說完後，立刻將自己決定的規則強制適用到對方身上。

放了伊莉娜，以及不准接近她半徑十梅利爾圈內。

規則適用的瞬間，他放開伊莉娜，往後退開。

「身……身體自己動了？這是什麼情形！」

「我剛剛不是告訴你了嗎？告訴你現在這個空間裡的神——是我。」

「怎……怎麼可能！專有空間的發動者，可是我加拉蒙啊！說空間內的規則由你來決定，這是不可能的！」

「魔族」男子皺起眉頭，大冒冷汗，我悠然地朝他微笑著開口：

「你忘了我的異能嗎——解析與支配。哪怕處在專有空間內，這種能力也不會失效。因此——」

我彈響手指，執行了解除空間的指令。

陽光灑落的沙漠地帶，瞬間化為了夜色籠罩的森林深處。

「既然解析、支配了建構專有空間的術式，你就再也不是神，就和住在這森林裡的蟲子沒有兩樣。不，也許是比蟲子還弱小的弱者。」

王牌遭到封殺，敵方已經無計可施。而他也露出了苦悶的神情……

「既然如此！至少也要回敬你一刀！」

那是捨棄了性命的人特有的眼神。這告訴了我他的下一步行動。

也就是——自爆。

「願榮耀歸於我們組織與血族！」

在這蘊含了瘋狂的咆哮中，他撕裂自己全身，強烈的光溢出……

面前的男子多半對這樣的狀況有了心理準備，然而……

「……為……為什麼？為什麼，什麼事都沒發生？」

不管等了多久，他的身體都並未爆裂。

因為我不准他自爆。

「如果是我和你一對一的狀況，我會准許你死得榮耀，然而……這裡有著不習慣他人死亡的淑女在場，所以如果要自殺，還請到別的地方去。」

我一瞬間解析了他的自爆魔法，禁止他使用，理由是顧慮到伊莉娜的感受。

我希望盡可能不讓她看到震撼的場面。

……只要抵達目的地，相信她會看到不想再看，但即使如此——

我還是希望盡可能減少讓她看到令人不快的場面。

「嗚……！不只是踐踏我的覺悟，還要我活著出洋相嗎……！」

「正是。生殺與奪全由我決定，這正是勝利者的特權。我要你在這裡留一會兒。」

我話剛說完，就發動了拘束用的魔法。這一瞬間，出現了許多黑色環狀的銬具，轉眼間

就將他的身體銬住。

「嗚……！」

突然受到壓迫，讓「魔族」男子發出呻吟，倒在地上。

我朝他這種模樣瞥了一眼後，看向伊莉娜。

「妳當人質時，脖子受了負荷吧。被抓的部分有沒有傷到？」

「嗯……嗯，我沒事，全身上下都沒問題。」

伊莉娜這麼回答，眼神中有著對我的尊敬，以及……

對自己的不中用所產生的焦躁。

「對不起喔，亞德。我扯你後腿了。」

「哪裡，沒有什麼好在意的。」

我對她微笑，但伊莉娜的表情仍然蒙著陰影。

「……我啊，一直覺得，總有一天我要追上亞德。所以，我每天都很努力，我自己……是這麼打算的。可是，結果每次都是這樣。每次都靠亞德救我，連和你並肩作戰都辦不到。」

這次她多半是真心感受到了生命危險吧。正因為有著想靠自己的力量克服這種危機的意志，伊莉娜才會一直努力到今天吧。

然而，她的目標沒能實現，所以……

不對，不是這樣啊。本質不在那裡。

她沮喪的理由只有一個，那就是沒辦法和我並肩。

「……除非擁有和我同等的力量並肩作戰，否則就算不上是真正的朋友。妳也許這樣想，但這就錯了。伊莉娜小姐，無論妳是強是弱，對我來說都是永遠的好朋友。還請妳千萬不要把自己逼得太緊。」

伊莉娜什麼話都不回，就只是懊惱地低頭不語。

……也罷，隨著時間經過，平常那個開朗活潑的她，應該就會回來吧。

我希望能照顧好她的心理狀態，但這不是最優先事項。

妨礙轉移的術式，已經大致解析完畢。

已經沒有東西阻撓我們了。因此，我為了達成救出吉妮與艾拉德這個目的，準備發動轉移魔法——

就在即將發動之際——

「咕嚕啊！」

猙獰的吼叫聲擊打耳膜。

背後有東西接近。感覺到這動靜的瞬間，我全身反射性地有了動作。

我往旁一跳，同時為伊莉娜發動防禦魔法來保護她。

屏障遮住她嬌小的身體，確保她的安全後，我才瞪向奇襲我們的敵方。

「……哦？幕後黑手這麼快就現身啦？」

攻擊我的是一隻狼。

然而，不是普通的狼。牠雙眸發出紅光，胸口有著同色的刻印。

這模樣，是他下的手。

萊薩．貝爾菲尼克斯。

是他的「專有魔法」造成的。

而且——

看樣子，敵人不是只有狼。

這片森林裡的所有生物。

如今都成了我們的敵人。

從樹上俯瞰我們的猴群。

從地上凝視我們的野獸。

攀附在樹木表面上的大群昆蟲。

這些生物，眼睛都發出紅色的光芒——

第七十四話　前「魔王」與森林中的對決　後篇

「亞……亞德……！這些，該不會是……！」

「是啊。是以萊薩晃下的能力強化過的各位野生朋友。」

多得讓人覺得去數都覺得可笑的數量，完全包圍了我們。

「其實在被引導到森林的時候，我就預料到了。看樣子萊薩晃下說什麼也要妨礙我們行進。」

森林是生物的寶庫。這也就等於是萊薩・貝爾菲尼克斯的主場。

他的「專有魔法」，效果是支配他者的精神，並將其力量提高到非比尋常的程度。

只要用上這種力量，螞蟻也能殺死龍。

這群野生的生物，開始證明這個比喻絕不誇張。

「嘰嘰～～～～～～～！」

「咕嚕啊啊啊啊啊啊啊啊啊！」

「唧唧～～～～～～～～～！」

猿猴、狼群、昆蟲——棲息在森林裡的所有生物，一齊撲了上來。

換做是常人，多半一輩子也不會看到這樣的光景。狼群在樹木間穿梭飛奔，猴群從樹上撲來，大群昆蟲撕裂夜色。

是一幅壓倒性的情景。

然而——

「你以為這點攻勢就能打穿我的屏障嗎？」

我把保護伊莉娜的屏障，強化為六層結構。

對我自身周圍也張設「大屏障術」。

接著，野生軍團展開了猛攻。

朝著保護我們的屏障，狼群撲上、猴群用拳頭打、大群昆蟲全身撞來。

換做是一般生物，屏障多半不會有絲毫損傷。

但這些傢伙被萊薩的能力強化過。

每一擊都蘊含著超越現代所有攻擊魔法的威力。

「亞……亞德！屏障有裂痕了！」

伊莉娜說得沒錯，六層結構當中的第一層，已經出現裂痕。

這些野獸的衝鋒，比先前交戰的「魔族」男子所施展的魔法威力更高。

該說是萊薩的能力太犯規，還是該憐憫那「魔族」男子呢？

「這……這樣下去，遲早會被破壞的！我們也得攻擊才行！」

伊莉娜發出充滿焦躁的呼喊。

攻擊——攻擊嗎？

「胡亂減少敵方的數量，也幾乎沒有意義。減少的部分馬上就會得到補充吧。畢竟這裡是森林，不缺強化兵的素材。」

如果專注於減少敵方的數量，難保不會被暗算。

然而，拱手不理，又正中敵人下懷。

萊薩每次都說「戰爭要靠數量取勝」，他說得一點也沒錯。

面對壓倒性的數量優勢，相信無論是什麼樣的人物，都會被壓垮。

但話說回來——凡事都有例外。

我亞德·梅堤歐爾，就是這例外之一。

「就讓我來告訴你，數量多寡不是決定勝敗的絕對條件吧。」

我冷然地斷言後，立刻有了動作。

我打出了最強最好的一張牌。

「『『他的路上有的是絕望』』『『那是一個悲哀男人的人生』』。」

我詠唱我最強的能力，也就是「專有魔法」。

野生動物們想阻止我，加強了攻勢。

一層屏障遭到粉碎。

我面臨這樣的情形，一邊維持冷靜的心境。

「『『其人孤身一人』』『『雖有人追隨』』『『卻無人共同行走霸道』』。」

一邊繼續詠唱，並讓目光環視四周。

……哪兒都沒看見術者萊薩的身影。

但想來他應該不會不在場。

他的「專有魔法」，如果不和目標維持在一定距離內，效力就會變弱。

因此他無疑是用了隱形的魔法，潛伏在附近。

「『『沒有任何人懂他』』『『每個人都遠離他』』。」

詠唱到這裡，第二層屏障遭到破壞。

伊莉娜冒著冷汗，但眼神中仍有著對我的信任。

雖然同時也有著對自己的無力所感受到的焦躁……

不管怎麼說，我都非得回應她的期待不可。

「『『連唯一的朋友都背棄他』』『『他落入了瘋狂與孤獨的汪洋』』。」

離詠唱完畢，只差一點點。

野獸們的攻勢更加劇烈了。

只覺得攻勢每一秒都變得更加強烈。

這樣一來，合計有三層屏障遭到破壞。

然而——

「『他的死沒有安詳』』『『擁抱悲嘆與絕望而溺死』』。」

我這邊的準備也已經就緒。

該開始反擊了。

「『『孤獨國王的故事（Private Kingdom）』』！」

第五層屏障遭到粉碎的同時，我最強的王牌發動了。

比夜色更濃的漆黑鬥氣顯現出來，遮住我的一隻手。

接著出現的，是一條長鎖鍊，以及……繫在鎖鍊上的黑色大劍。

勇魔合身階段：I。

我一邊感受著莫大力量的鼓盪，一邊回頭對站在背後的伊莉娜微笑。

「我馬上解決，還請稍候。」

伊莉娜點頭回應我。

接著，我先把她的屏障重新架好——

然後朝撲來的野獸群踏上一步。

相信眼前的光景，一樣是常人一輩子也不會看到的。

彷彿是個時間靜止的世界。

直到先前都猙獰狠撲的野生動物群，已經完全靜止不動。

全都被我砍倒了。

燒了整片森林是最省事的方法，但那樣多半太過火了些。

我不打算無謂地奪去無辜的生命。

我確信即使不這麼做，也能夠勝利。

接著就在我大致掃蕩完畢後。

我朝西方看去。

一棵平凡無奇的樹。我瞪著樹旁空無一物的空間，說出話語。

「你以為騙得過我的眼睛？」

我蹬地而起，一瞬間接近。

我朝虛空揮出黑劍。

暗色的劍身果然傳來堅硬的手感。

一瞬間，金屬與金屬對撞的尖銳聲響，撼動了四周。

緊接著聽見一個莊嚴的說話聲。

「……應該要說足下果然有一套吧。」

眼前的虛空中，乍看之下無法認知到有任何人存在。

身影不用說，甚至完全沒有動靜或氣味。

然而他無疑就在我眼前。

「你的隱形還是一樣完美啊。可是，對我不管用。」

或許是因為已經失去了隱身的意義。

他似乎解除了隱形魔法。

淡淡的輪廓顯露出來，漸漸表露出實體。

臉上刻有無數年輪的頑強老將。

萊薩．貝爾菲尼克斯現身了。

他的風貌和以前沒有兩樣。

但身上穿的不是純白的教宗服，而是漆黑的鎧甲。

那是萊薩在古代愛用的魔裝具。

賦予了極高的防禦能力，幾乎沒有人能夠損傷這件鎧甲。

先前擋下了我的一劍，現在仍繼續和我的劍互抵較勁的錘矛，是他動用「專有魔法」之際顯現的武器。

「不只是事先發動王牌的奇襲戰術，甚至還挖出以前愛用的裝備，你可真賣力啊……你這傢伙，在打什麼主意？」

黑劍與錘矛較勁的同時，我瞪著眼前的老將。

「你和『魔族』聯手打算做什麼？這次的戰爭，有著什麼樣的企圖？先前的美加特留姆事變後，大陸處在緊張狀態，這你應該也明白。在這樣的狀態下發動戰爭，會造成多大的慘劇，你不會不懂。」

萊薩什麼都不回答。

我繼續說出責難他的話：

「你慫恿阿賽拉斯聯邦，讓他們攻擊拉維爾，製造出了五大國之間隨時可能爆發大戰的狀況。今後一個弄不好，大陸內多半會發生無數悲劇。不只是成年人，就連你所愛的孩童們也都一樣會受苦。你明白嗎，萊薩・貝爾菲尼克斯……！」

聽我一連串說到這裡，他才總算開了口。

「足下就如此害怕失去在這個時代得到的事物？」
平板而平淡的提問，讓我皺起了眉頭。
「怕啊。當然怕。正因如此，我才痛恨發動戰爭的你。」
包括前世在內，我長達千年的人生中，大半都是戰爭的記憶。
正因如此，我才討厭戰爭。
因為鬥爭永遠會奪走寶貴的事物。
「大義。信念。爭一口氣。由這些情感催升的古代戰爭中，我失去了很多伙伴。這你應該也知道。包括這件事如何折磨我的心，也一樣知道。」
這次的戰爭也是一樣，如果置之不理，多半又會將伙伴從我身邊奪走。
吉妮和艾拉德不用說，學校的大家也一樣，一旦軍方召集他們，他們也只能上戰場。
「透過轉生，好不容易才得到這群同伴。我不會讓他們因為你們的圖謀而犧牲……！絕對不會……！」
強而有力的意志化為力量，傳到我的黑劍上。
較勁的趨勢漸漸往對我有利，萊薩瞇起眼睛，呼了一口氣。
「人世間，就是個奪取與被奪取的世界。要成就自己的夢想，勢必得奪走別人的夢想、理想與希望等等事物。」

萊薩錘矛上所蘊含的力道逐漸升高。

全身散發出來的威壓感，也隨著漸漸高漲……

「創造出孩子們燦爛的明天——為了這個目的，吾人要奪走足下的希望。將足下與伙伴們共度幸福未來等等的夢想與希望，都連根拔起。」

萊薩做出宣言的同時，肉體體現出莫大的力量。

「唔唔……喔喔喔喔喔喔喔喔喔喔喔喔喔喔喔喔喔！」

大吼聲中，錘矛上傳來的力道增強了。

接著……

他的眼睛發出紅光，鎧甲胸口浮現出同色的刻印。

「原來如此……！之前你在美加特留姆露過一手『專有魔法』的進化，但看來進化並不是只有那樣啊……！」

據我所知，萊薩的「專有魔法」，是支配用錘矛擊打的對象，並強化其能力。

另外還有一個效果，那就是受支配者的攻擊，也能將攻擊到的對象納入萊薩的支配之下。

我所認知到的內容，就只有這樣。

然而——

經歷幾千年的歲月，他的王牌中，似乎還多了連我也不知道的未知領域。

「唔！」

隨著這聲呼喝，萊薩的錘矛打破了較勁的均衡。

這股莫大的力量，讓我全身離了地，在森林中一路撞倒樹木往後飛。

「果然不是階段：Ⅰ就應付得了的對手嗎？」

既然如此──

「莉迪亞，勇魔合身，階段：Ⅱ。」

【了解。第二型態，準備就緒。】

平淡的說話聲在腦海中迴盪後，緊接著──

覆蓋我全身的黑暗變了樣。

黑色鎧甲遮住我全身，髮色染為純白。

進化到第二型態的瞬間，我蹬地而起……

「萊薩．貝爾菲尼克斯。就讓我來告訴你，就像你的思念在這幾千年來累積凝聚，我也同樣透過人情的力量有了進步。」

我對進逼而來的敵方發出呼喝，同時全力跨上一步。

以壓倒性的腳力，一瞬間拉近距離。

接著黑劍與錘矛再度硬碰硬。

劇烈的巨響與衝擊波往四周散開的當下，萊薩口中吐出小小的悶哼。

「唔……！」

他所執的巨大錘矛，被我的大劍盪開。

我朝失去平衡而露出破綻的萊薩，揮出不留情的一劍。

「唔啊！」

「嘖！」

千鈞一髮之際，萊薩朝後方跳躍，躲過了斜劈的一劍。

然而，我黑劍的劍身掠過鎧甲的一部分……

在萊薩愛用的那身幾乎不曾有人留下痕跡過的鎧甲上，砍出了痕跡。

「……如果吾人的記憶沒錯，這個模樣的足下，應該沒有這種程度的力量。」

萊薩用手指摸著鎧甲的切斷痕，小聲說著。

「是心意的力量、是對友情的強烈執著，讓足下變強的嗎？然而……那又如何？」

他的雙眸裡沒有絲毫畏懼。

反而鬥志一秒比一秒高漲。

因此他……

「喝！」

毫不畏懼我黑劍的威脅，勇猛果敢地踏上一步。

只要挨到一劍，就會連著靈體一起消失。

哪怕處在這樣的狀況下，他也絕不害怕前進。

是一股劇烈的信念，支撐著萊薩·貝爾菲尼克斯這名老將。

然而，我也一樣。

我也和他一樣，有不能退讓的底線。

與伙伴們共度的幸福未來。

為了保護這些——

「敗者會是你，萊薩·貝爾菲尼克斯！」

「錯！要嚐盡苦澀的是足下！」

我們彼此說出自己要爭的一口氣，手中兵器對碰。

不相上下的對決持續了一會兒。

但均衡漸漸瓦解。

漸漸占到上風的……

是我——亞德·梅堤歐爾。

「唔！」

萊薩的鎧甲上被劃出新的切斷痕，表情扭曲。

只差一點點。只要有一步跨得夠深，就能將對方的肉體一刀兩斷。

我將事情往這樣的狀況推進。

如果敵方什麼對策都不採取，再過十四招我就會取勝。

然而——

他不可能在這種狀況下，不採取任何對策。

而萊薩也的確使出了計謀。

這個計謀發動的瞬間。

「咿！」

遠方傳來小小的尖叫聲。

是伊莉娜的叫聲。

……伊莉娜是我的絕對防衛對象，即使在與萊薩戰鬥的當下，我也隨時使用魔法進行監控。

我右眼看著萊薩，左眼看著伊莉娜。

現在，就在她眼前，那名被我捕獲的「魔族」男子掙脫了拘束，眼睛發出紅光朝她逼

近。

這也是萊薩的「專有魔法」造成的。

他能在任意時機，讓用錘矛擊打過的對象變成強化兵。

他「專有魔法」的這一面，之前在美加特留姆事變中也露過一手。

「所以到這一步的情勢發展，全都不出你所料？所以那個『魔族』雖是棄子，卻又是計謀的核心了？你還是老樣子，那麼擅長權謀算計啊。」

我和敵人對峙的當下，伊莉娜雖然害怕，仍果敢地迎向對手。

「臭、臭傢伙！」

高階魔法「鉅級熱焰術（Giga Flare）」。

龍捲風一般肆虐的熾焰猛烈肆虐。

火焰將周圍的樹木與花草都燃燒殆盡，連焦炭都不留。

然而……

對「魔族」男子似乎並不管用。

即使被火焰燒個正著，敵方仍然毫髮無傷。

「怎……怎麼會……！」

相信這是她使出實力的一擊。

而這一擊換來這樣的結果，讓伊莉娜當場錯愕。

男子一步又一步朝她走去。

「嗚，啊、啊。」

還發出令人毛骨悚然的低沉吼聲。

簡直像個厲鬼。

模樣之可怖，女性或孩童會嚇得哭喊也是理所當然……

然而伊莉娜絕不向我求助。

她始終想靠自己的力量克服困難。

我很想嘉許她這種倔強。然而，即使如此，我也不能置之不理。

她打不贏。

我非介入不可。

哪怕結果會傷害到伊莉娜的自尊心，也總比讓她犧牲要好。

……但話說回來。

「相信你也早已料到，在這樣的狀況下，我會去救伊莉娜。想來這也是你計謀的一環吧。然而……」

我看著萊薩，做出宣告：

「無論你玩弄什麼樣的計謀，刀刃都不會及於我身。我會證明給你看。」

我和萊薩出招的時機，多半是一樣的。

也就是伊莉娜瀕臨危機的那一瞬間。

無論是我還是萊薩，肯定都看著同樣的光景。

我右眼看著敵人，左眼看著伊莉娜。就在這樣的狀況下對峙……

「不……不要過來啊！」

就在危機逼近伊莉娜的這個時候——

一個太令人意外的轉折來臨了。

「啊哇啊啊啊啊啊啊啊啊啊啊啊啊啊啊啊啊啊啊啊啊！」

耳熟的可愛喊聲，迴盪在森林當中。

正可謂唐突，正可謂突然。

這個毫無脈絡出現的少女，讓一頭紅蓮般的頭髮隨風飛揚，猛衝而來……

以她手中所握的聖劍，一刀劈了「魔族」男子。

「不要靠近姊姊啦！你這色鬼！」

突然出現的意外結晶。

她的名字叫做——

「席……席爾菲！」

沒錯。是我的朋友之一——席爾菲・美爾海芬。

她半路殺出，似乎連萊薩也未料到。

「……把狀況搞得一團亂。這種令人惱火的地方，還是老樣子嗎？」

老將皺著眉頭，喃喃自語。

不知道是不是這句話傳到了遠方的她耳裡。

我以望遠魔法在右眼視野中看見的席爾菲，發出了喊聲：

「這魔力的感覺……！萊薩！你就在這附近吧！我要揍你一頓，給我滾出來！」

……對席爾菲而言，萊薩也是伙伴之一。

正因如此，她才更不能原諒萊薩和我們敵對的這個狀況吧。

相信她應該正覺得好不容易和伙伴重逢，卻遭到伙伴背叛。

想來萊薩也懂席爾菲的感受。然而，他仍拒絕出現在她面前。

「我準備的計謀十之八九都付諸流水。只能相信那傢伙的力量了。」

萊薩話剛說完，全身開始漸漸淡化、消失。

是我所不知道的魔法，又或者是魔道具的效果……是嗎？

我多半會在解析完畢之前，就讓對方給跑了吧。

不愧是萊薩．貝爾菲尼克斯。從我面前逃脫的準備也非常周到。

「一旦計畫執行，這應該就是我們今生的永別。我由衷祈禱事情會如此發展。」

老將留下這句耐人尋味的話，無聲無息地消失了。

「呼……如果可以，我很想當場做個了斷，但看來是沒這麼容易啊。」

我解除了自己的「專有魔法」，變回原來的模樣。

接著，走向伊莉娜與席爾菲所在之處。

結果看到席爾菲立刻一臉不高興。

「萊薩那傢伙，又～跑掉啦啊啊！美加特留姆那次也好，這次也是，真是個膽小鬼啊！」

我對氣呼呼的她苦笑之餘，看向伊莉娜。

「伊莉娜小姐，妳還好嗎？」

「……還好。多虧了席爾菲，對吧。」

對自己得救感到的安心、對席爾菲的感謝，以及……

對無力的自己所懷抱的複雜思緒。

伊莉娜露出摻雜了這種種想法的表情。

這種時候胡亂安慰，反而會讓她更沮喪吧。

所以我特意將目光從伊莉娜身上移開，向席爾菲拋出問題：

「對了，妳為什麼會在這裡？是感覺到了什麼不好的氣息嗎？」

「不是，完全是巧合喔。我去調查有好吃魔物棲息的危險地帶，結果就來到這裡。我到剛剛還在吃長得很奇怪的野豬，亞德你們也要吃嗎？」

「不，我們就不用了。」

而且什麼叫做好吃的魔物？

妳不是去進行武者修行的嗎？

……真是的，這個小妹徹底讓人猜不出她的行動啊。

可是，這次算是被她的這種意外性給救了。

如果萊薩所說的話是事實，也許我們已經陷入了某種程度的危機。

這種時候還是先乖乖感謝一下席爾菲吧。

「對了，為什麼你們兩個會在這裡？你們不是回家鄉去了嗎？」

「是啊。我們本來打算在村子裡好好享受休假，只是……」

我對她解釋事情走到這一步的來龍去脈。

結果席爾菲睜圓了眼睛。

「吉……吉妮的領土，被其他國家攻打？這……這不是很緊急嗎！」

她果然才剛知道啊。

「我們不能在這裡悠哉了！得去救吉妮才行！」

「是啊。接下來，我要轉移到受到侵略的城鎮……伊莉娜小姐，妳做好心理準備了嗎？」

「嗯，我沒事。我不會再扯後腿了。」

伊莉娜以充滿決心的眼神，強而有力地點了點頭。

雖然看起來也有些過於逞強……不過也罷，出狀況時支援她就好了。

總之——

我與伊莉娜迎來了席爾菲這個可靠朋友的加入，轉移到目的地去——

第七十五話　前「魔王」與被俘虜的朋友

拉維爾魔導帝國與阿賽拉斯聯邦國境交界處附近的地區，以「防線」的別名著稱。這一帶的土地是由史賓瑟公爵家，及其從屬貴族薩爾凡家所治理，是國防上的最前線。

所以國境邊緣設有許多堡壘，鄰近的城市也都建設成堅固的城郭都市。

因此易守難攻……本應如此。

國家全力建設成銅牆鐵壁的防線，被輕而易舉地突破，而且——

連理應固若金湯的城郭都市，如今也呈現出一片地獄般的景象。

沙謬爾是個離國境不遠的城市。

這個城市有多個地下城，人稱冒險者的巢穴，曾經充滿了他們的熱意與活力。

然而現在這個城市有的，是火災與怒吼，以及戰場特有的酸臭味。

「剛轉移過來，景觀就很有刺激性啊。」

「該怎麼說，有種回來的感覺啊……如果可以，真不想再體會這種感覺啊。」

我和席爾菲都習慣了戰爭。

因此，即使目睹到城裡的慘狀，也不覺得如何。

火災的光將夜色照得通明，路旁散布著屍體的非日常光景。

遠方傳來爆炸的巨響，敵我雙方的怒吼聲斷斷續續傳來的這種狀況。

一切都令我覺得懷念。

是我早已熟悉的戰場氣氛。

然而……

對伊莉娜而言，多半是第一次體驗到的地獄景象。

她是個有膽識的人，但仍掩飾不住緊張與動搖。

從轉移過來至今，伊莉娜一句話都說不出來。

「如果覺得不舒服，請立刻告訴我。雖然聊勝於無，但我可以用魔法讓妳恢復。」

「……嗯，謝謝你。」

伊莉娜冒著冷汗，看著散落的屍體。

相對的，席爾菲則一邊以冷靜的神情環視周遭，一邊說：

「沒看到平民的屍體啊。倒在地上的屍體看上去都是軍人……還有冒險者吧？就不知道是平民避難完畢的結果，又或者是平民被抓去當人質了。如果是後者，就有點棘手了。」

果然是戰士的著眼點。

我對她說出了自身的推測：

「我想多半是前者。我也曾去過國境邊緣的堡壘，當時我加了一些小小的改良，沒那麼容易被突破。」

「這樣啊。那大概該當作是他們爭取到了從勸平民避難，到實際離開的時間吧。」

席爾菲平常是個傻子，其實是個身經百戰的勇士。

年幼時被遺棄的她，被莉迪亞收養，接受了作為戰士的教育。

年僅七歲就首次參戰，拿下敵人的首級。

她實實在在是以戰爭為故鄉長大成人，這種時候，平常那種傻氣就會消退，展現出聰慧的一面。

「沒有平民遭到俘虜，交戰的是出於義憤挺身而出的冒險者，以及領主們派出的騎士團……如果是這樣，多半可以放手大鬧了。」

席爾菲扛著聖劍迪米斯·阿爾奇斯，看著我的臉這麼說。

「可是……最該優先的是吉妮吧。」

「是啊。這個魔力的感覺，肯定是她不會錯。」

然而，我不知道她在哪裡戰鬥。

而且，嚴格說來……感應得到的魔力反應，也可能是「殘渣」。

無論是哪一種情形，這個時候還是分頭搜索她，比較有效率吧。

但話說回來，伊莉娜要留在我身邊。

要一名不習慣戰爭的少女，獨自走在戰場上，實在令人不忍。

「那麼席爾菲同學，我們就先決定發現吉妮同學時，又或者是集合用的信號吧。」

「朝天空打出光彈魔法就好了啊。我們就像是第三勢力，也不用擔心想法洩漏給敵方知道。」

「是啊，妳說得對。」

事情說定之後——

「那麼，我去西邊巡一巡。東邊就麻煩亞德你們了。」

席爾菲立刻丟下這麼一句話，疾風似的跑向街上去了。

「那麼，我們也走吧，伊莉娜小姐。」

「呃……嗯。」

我就當是散步，走在破壞聲、怒吼聲與死亡氣息蔓延的夜晚街上。

我身旁的伊莉娜則臉色蒼白。

這也難怪。一個沒看慣屍體的人，正在目擊五花八門的死亡，自然會不舒服。

然而她不改堅毅的態度。儘管臉色蒼白，眼神中並未失去要去救出吉妮的意志。

只要是為了朋友，無論多麼令人作嘔的情景都會忍耐。她的神情中有著這樣的覺悟。

……但話說回來，戰場的地獄景象，仍確實地磨耗著伊莉娜的心。

「去死！去死！去死啊啊啊啊啊啊啊啊啊啊啊啊！」

年輕的騎士，對已經成了屍體的敵方獸人執拗地用劍捅刺。

「別……別這樣！我……我有老婆跟孩子——」

面對乞求饒命的對象，老兵毫不留情地挺槍刺死。

我們沿途目擊了這種戰場風情。

……如果這是古代的戰場，我多半什麼感想也不會有。

然而，在現代——

在這個我得到了一群新同伴的時代。

我說什麼就是會在這些上演悲劇的人身上，看見朋友們的身影。

伊莉娜似乎也一樣。

「要是戰爭拖久了……校園裡的大家，也會被派上戰場……對吧……」

「……是啊。雖說是小孩子，但魔導士就是能夠成為優秀的士兵。動員學生是必然的吧。」

「到時候……不知道，大家會變成那樣的表情嗎……」

被殺的人臉上浮現恐懼。

殺人的人臉上浮現陰沉的快感。

我的朋友們一旦上了戰場，多半也會有些地方產生扭曲。

到時候……就不會有什麼光明的明天等著我們。

「為了防止這種情形，這一戰，我們非得盡快阻止不可。然而，首先該做的就是救出吉妮同學與艾拉德同學。就先達成這個目的吧。」

伊莉娜默默地、強而有力地點了點頭。

就在我們相互確認堅定決心，行走在人間煉獄的途中。

我們聽見了一個耳熟的說話聲。

「我哪能死在這裡啊啊啊啊啊啊啊啊啊啊啊啊啊啊啊啊！」

一個迴盪在四周的拚了命的呼喊聲。

我和伊莉娜對看一眼。

「剛……剛剛喊聲的是……」

「我們前往現場吧。『他』撐不住了。」

我和伊莉娜舉步飛奔，趕往聲音傳來的方向。

接著，看向他的身影。

看著公爵家長子艾拉德的身影。

保護全身的銀色鎧甲已經半毀，無法發揮作為護具的功效。

露出的皮膚與橘紅色的頭髮，被染上鮮血的紅色，令人不忍直視。

大量敵兵包圍住了這樣的他——

「臭小子，人都快沒命了，還給我大鬧。」

「公爵家的俘虜，有他弟弟就夠了吧？」

「為了答謝你燒了我手臂，我們要把你凌遲到死。」

敵方不約而同地瀰漫著殺意。

艾拉德面對這群敵人，眼神中有著鬥志。

即使處在令人絕望的狀況，他仍未放棄活下去。

……相信他真的不會死在這裡吧。

為什麼？因為我不會讓他死。

「『岩石衝擊術（Rock Impact）』。」

我對敵方的每個人發動了土屬性的低階攻擊魔法。

下一瞬間，堅硬的土塊從顯現在天上的魔法陣灑向敵兵。

這一擊，讓有些人昏倒，有些人手腳骨折倒在地上。

我一瞬間掃蕩了敵軍後。

艾拉德睜圓了眼睛，朝我看過來。

「亞……亞德……！還有，伊莉娜……！為……為什麼，你們會來這裡……？」

「因為有人將你和吉妮的危機告知我們。因此我們來了。」

說話的同時，我對艾拉德施了治療魔法。

慘不忍睹的模樣，瞬間變回平常的樣子。

「那麼艾拉德同學，參加這一戰的，就只有你嗎？」

「……不，吉妮也以我直屬部下的身分參加。」

「那麼，她去哪裡了？」

聽我這麼問，艾拉德咬緊了牙關。

……喂，這是什麼反應？該不會已經發生了最壞的情形吧？

我感受著對朋友現狀的不安，等艾拉德說下去。

接著——

「她被俘虜了……！就在……我眼前……！」

艾拉德像是吐出心中的苦悶，一字一句說下去。

「起初，沒什麼大不了的……！我本來以為，這件工作隨隨便便都能解決……！可是，

那傢伙來到的瞬間，一切都被顛覆了……！」

艾拉德握緊拳頭，全身發抖。

我皺起眉頭，對這樣的他問起：

「你所謂的那傢伙是指？」

「……是『龍人』。有個男的『龍人』，投靠了敵軍。」

這個回答讓我微微一驚。

「龍人」是超級稀少的人種。而他們藐視其他人種，絕不和人世間有所來往。正因如此，人們都說若遇到「龍人」，無論活了多久，基本上都毫無生存的希望。

就連我，遇到他們的次數也只有兩三次。

我當時的印象，就是他們全都徹底厭惡人類……！

正因如此，我才會驚訝。為什麼「龍人」會投靠阿賽拉斯聯邦？

……這實實在在是個莫大的謎團，但這種事只要直接去問當事人就行了。

「吉妮同學她沒事，對吧？」

「嗯，大概吧……可是，阿賽拉斯那些傢伙，幾乎都是一群禽獸。不趕快救出她，真不知道她會受到什麼樣的對待……！」

是為了對過去贖罪嗎？艾拉德的眼神中，有著想救吉妮的心意。

然而，我不能帶他去。艾拉德多半是在這個戰場擔任總指揮的人。哪怕只是一時，一旦他下落不明，將會影響全軍的士氣。

因此，我對艾拉德這麼說：

「艾拉德同學，你聽好了。你要留在這裡，把接下來我所做的事情，當成你的功勞，在我軍內宣傳，用這樣的方式來鼓舞我軍。救出吉妮同學的工作，由我們來進行。」

我的口氣變得像是單方面下令，但艾拉德並不是個愚笨的人。

他理解到我的提議是最有效率的做法，已經接受。

「……知道了。全都交給你處理。」

艾拉德先這麼答應，隨後又歪了歪頭：

「對了，你說接下來要做的事情是什麼？說要當成我的功勞……你打算做什麼？」

「沒什麼大不了的。是這個狀況下極為正常的行為，也就是——」

我淺淺一笑，說出回答。

「我要去消滅敵軍。」

我在宣言的同時，不等他反應，發動了飛行魔法。

接著飛上暗色的天空，俯瞰城郭都市的樣貌。

「……這個城市是我的朋友吉妮同學一族所統治的土地之一。不准你們繼續放肆。」

我自言自語後，立刻發動了魔法。

緊接著，整個城市中顯現了無數魔法陣。下一瞬間，五花八門的屬性魔法從這些籠罩整個都市的魔法陣射出，一瞬間瓦解了敵軍。

只是話說回來，我並未製造任何一個死者。

雖說這些人在城裡肆虐，但奪走沒有價值的生命，違反我的美學。

因此我只奪去他們的手或腳。

如此癱瘓了敵兵後，我從中挑出看似位階較高的人，留下來當俘虜。

至於其餘那些傢伙，留在城裡也難保不會造成危害，所以用傳送魔法，把他們送去了別的地方——送去汪洋中。

這些傢伙幾乎都是頑強的獸人族，生命力也非常高。

只要運氣好，應該可以活下來吧。

……做完這件工作後，我降落到艾拉德與伊莉娜身旁。

兩人看著我說：

「你還是老樣子，有夠離譜啊……」

「可是，這才是亞德。」

艾拉德傻眼似的笑了笑，伊莉娜對我投以嚮往的眼神。

我對他們微微一笑之後，為了召集席爾菲，將魔法光彈射向天空。

過了一會兒，她過來了。

我對席爾菲說明情形，決定今後的行動內容後。

我再度看了看艾拉德。

「不管怎麼說，你沒事真是太好了。」

「……我不重要。麻煩快去救吉妮。我這邊會照你說的，妥善處理。」

我重重點頭，表示答應。

接著——

我帶著伊莉娜與席爾菲，轉移到國境邊緣的堡壘。

想來敵方應該會把這些堡壘當成據點來用吧。

吉妮，妳等著。

我馬上去救妳。

我一邊祈禱朋友平安，一邊瞬間移動到目的地。

閒話　前「魔王」的朋友戰敗，於是——

阿賽拉斯聯邦進犯領土。

聽到這消息的時候，吉妮幾乎被不安與緊張壓垮。

與常人相比，她累積的經驗多得反常。實實在在歷經了許多性命交關的大風大浪。

然而，即使如此，吉妮還是個只有十五歲的少女。

對第一次參加戰爭會有所畏懼，乃是必然。再加上……決定要她擔任艾拉德的直屬部下來活動，這也成了在吉妮心中施加沉重負擔的要因。

艾拉德是從吉妮幼兒期就認識、長年霸凌她的人物。因此對她而言，艾拉德就像是她的精神創傷。

她必須和這樣的人建立密切的關係，完成救援都市這樣的重責大任。

這比第一次參加戰爭，更折磨吉妮的心。

然而，也不知道艾拉德作何打算，他一次都不和吉妮當面談話。所有的溝通，都由在他身旁服侍的美貌女僕擔任中間人來傳話，完全沒有直接面對面的商議。

多半是彼此都不想見到對方吧——吉妮做出了這樣的解釋。

多虧這樣的安排，她才得以不用背負無謂的精神痛苦，能夠專心在戰事上。

於是出發的日子來臨。艾拉德率領兩千人的部隊，吉妮也率領一千兩百名士兵，追隨他出陣。

當然了，兩者都是第一次上陣，所以都有經驗豐富的老將擔任他們的左右手。

吉妮心想，既然如此，乾脆全都交給老將不就好了……但不能這麼做，就是貴族社會的艱辛之處。

貴族重視名譽。何況是自古以來就負責國境防衛的家族，這樣的傾向更是特別強。因此一旦戰事開始，長子必須身先士卒地趕赴前線，向周遭人們展示自己有能力，這已經成了習俗。

透過這樣的舉動，不但維護家族的名譽，也對貴族社會展現了未來的安泰。就為了這種大人們的需要，十五歲的少女必須趕赴危險的前線……

眼前的慘狀令她想吐。

她聽到的回報是居民已經避難完畢，正由志願參戰的冒險者所組成的反抗軍與敵方交戰

……但吉妮當時還無法具體想像，這會造成什麼樣的狀況。

人類的瘋狂大肆發作的戰場，比她先前經歷過的任何大風大浪都更加令人作嘔，讓她想

拋開一切逃開。

然而，這種時候，腦海中掠過亞德．梅堤歐爾的身影。

若身為他的伴侶，這種時候該怎麼做？

狼狽地逃走？不對。不是這樣。

要勇敢上前，拯救人們。這樣的身影才配得上作為他的伴侶。

一想起亞德，吉妮心中就漸漸湧現出勇氣。

接著吉妮進入東側的掃蕩工作。

西側是由艾拉德負責。他壓制那邊時，自己要解決這邊。

作戰進行得非常順利。

指揮軍隊的工作，由隨侍在旁的老將一肩扛起，吉妮幾乎沒有負擔。

所以她只需要擔任一名戰士，發揮自己的力量即可。

吉妮是一種叫做魅魔族的稀有種族。這個種族有著代代只會產下女子，必須依賴男性才能讓種族延續的缺點，但相對的有著強大的魔力。

吉妮生來就屬於這種天才種族，魔法的才能又在亞德．梅堤歐爾的教導下逐漸覺醒，本事遠非一般所謂的一流魔導士所能望其項背。

再加上，吉妮還有著亞德賜予她的強力魔裝具。能以猛烈速度行動的脛甲；能將體能提

高到極限以上，還能任意發出強烈閃電的紅色長槍。這些條件相輔相成，讓吉妮在戰場上成了個不折不扣的武神。

「這就是我們家族的下一任當家……！」

「薩爾凡家的將來穩如泰山啊！」

「吉妮小姐的英姿，說什麼也得讓大當家知道才行！」

她破格的活躍，讓老將們大呼快哉。

在這樣的情勢下，吉妮對戰場的氣氛也漸漸習慣，有了餘力。

或許也是因為對勝利有了確信，她耽於思慕亞德的瞬間也漸漸增加。

（這次我的活躍，該怎麼告訴亞德才好呢？）

（說我英勇地應戰了……這樣不行吧。因為就不可愛啊。）

（抬頭挺胸說我救了人民，這樣也不行。這種事情，身為他的伴侶是當然要做的。）

（可是……還是希望他可以誇我幾句呢。）

在戰場上憶起心上人的臉龐，自古以來就是廣為人知的禁忌之一。

人們說得煞有其事，說做這種事的人，一定會迎來不幸的下場。

然而，吉妮認為這是迷信，並不相信。

她反而認為，正是因為想念心愛的人，才能夠變強。

證據就是東側的掃蕩作業進行得很順利。這應該也是出於對亞德的愛吧。

……這個時間點上，吉妮的腦子裡並不存在敗北兩字。

她認為結果已經確定，不會被推翻。

然而——

這世上沒有所謂已經確定的未來。

就像要證明這一點，一名男子從天而降到吉妮等人面前。

來人很年輕，年紀大約二十前半。

容貌堪稱是個美男子，白金色的頭髮留到腰際，配上中性的面孔，更加強了他美形的印象。

這個身材高挑修長，披著厚實深色大衣的男子，一看見吉妮……

「……妳是吉妮．芬．德．薩爾凡，沒有錯吧？」

他說話的聲調非常平靜。

卻又讓人感受到極其沉重的壓力。

「你是什麼人！是阿賽拉斯的士兵——」

支援吉妮的親衛隊之中的一人出聲呼喊。

吼聲喊到一半就消失了。

相信他再也不會出聲了吧。

畢竟……

他的頭已經當場爆裂，炸得粉碎。

「————！」

緊張在周遭蔓延開來。吉妮也不例外。

「你是……！」

她冒著冷汗，瞪視敵方。

仔細一看，對方雪白的皮膚上，附著奇妙的物體。

那……是鱗片嗎？

人的皮膚上，有著爬蟲類般的鱗片。這模樣讓吉妮聯想起一道精神創傷。

那是過去曾將她逼到死亡邊緣的人物。

被亞德．梅堤歐爾打倒的，名留神話的怪物。

狂龍王艾爾札德。

眼前這名男子，散發出一種與她有些相似的氣息。

「……我要俘虜妳作為人質。」

男子彷彿只是宣告已定案事項似的，用平淡地口吻說完，就以緩慢地步調走來。

「保護吉妮小姐！」

「讓他知道一個人對抗軍隊有多愚蠢！」

老將們大聲喝斥。包括親衛隊在內，吉妮所率領的一千兩百名兵力，只為了打倒一名男子而集結。

然而……結果卻是慘敗。男子的力量強得離譜，無數士兵轉眼間就被大幅削減，老將們也悉數陣亡。

而吉妮的奮戰也徒勞無功，敗下陣來……

「咕，嗚……！」

她一瞬間的破綻被抓準，敵人繞到背後，後腦杓隨即傳來一陣鈍痛。

下一瞬間，意識轉黑。

到此為止了嗎？

就在她剛有了這個念頭的時候——

「放了她！長鱗片的傢伙！」

她聽見了喊聲。

是少年的嗓音。然而，不是亞德。

這個以粗暴的口氣說話的嗓音……是艾拉德。

「現在得由我代替他！保護她才行啊！」

她聽見了這樣的話。

然而，吉妮不認為這是現實。

她解釋為混濁的意識所產生的，不可能真實存在的幻聽。

艾拉德竟然會來救自己，這種事情不可能會發生。

因為他和自己，並不是這樣的關係……

未來也永遠不會變成這樣的關係。

於是她放開了意識——

現在，她一邊感覺到頭部的鈍痛，一邊醒來。

看樣子，自己倒在堅硬的地面。

她感受著堅硬的物體與頭痛所帶來的不快，同時睜開眼睛的瞬間。

「啊……！」

一個中性的說話聲傳進耳裡。

吉妮轉動疼痛的頭一看……

一名有著橘色頭髮與少女般可愛臉龐的精靈族男子，癱坐在地上看著她。

「米謝爾……大人……？」

他是艾拉德的弟弟，受他們的父親命令，參加本次的占領任務。

他還只有十二歲，是個年幼的少年。這樣的他和艾拉德不一樣，具有心地善良的性格。

因此他這時所說的第一句話……

「太好了……！妳醒啦……！」

是關心吉妮的話。

「……米謝爾大人。這裡……到底是……」

吉妮按住疼痛的頭，坐起身。

對於她的提問，米謝爾低頭回答：

「是國境邊緣所設的堡壘之一。本來是我們的堡壘，可是，現在……」

「是敵人的據點，是嗎？」

要掌握現狀，這樣的情報就夠了。

自己和米謝爾，現在作為俘虜被囚禁。

環顧四周，就更切身感受到這點。

狹窄的室內，只放了簡易的馬桶與床，非常簡陋。

多半是設置在堡壘內的單人牢房之一吧。

……受囚禁的公主這個說法說來好聽，其實是扯後腿的麻煩人物。

吉妮以往在小說之類的讀物裡看過無數這樣的例子，卻萬萬沒想到自己會站上同樣的立場。

「不……不用擔心。我……我會保護妳的！」

米謝爾似乎察覺到她的不安，說出這樣的話來。

對此吉妮還是姑且道謝，然而……

她由衷認為，不能依靠他。

他是個心地非常善良、充滿愛心的少年。但相對的，實在太沒有勇氣。

證明這一點的瞬間來臨了。

這時，門被人唐突地打開，一名士兵走了進來。

是個體格強健的獸人。他彷彿是要展現自己綠色的皮膚與肌肉發達的肉體來威嚇對手，穿著單薄的便服，賊笑兮兮地看了吉妮一眼。

……視線令她作嘔。獸人的目光有如舌舔似的爬遍她全身。

現在的吉妮，身上只穿著內衣褲。

鎧甲被剝掉，底下穿的鎖子甲等護具也被除去。

獸人士兵老實不客氣地看著她豐滿的胸部與又白又嫩的大腿，拋出一句話：

「出來吧，小姐。隊長叫妳。」

吉妮不會不懂這暗示著什麼樣的未來。而米謝爾多半也已經料到吉妮會有悽慘的遭遇。

然而，先前的宣言已經不知道跑哪兒去。他就只是擔心受怕，一句話也不說。

只是他這樣的行動極其理所當然。

吉妮也絲毫不打算要讓十二歲的小孩子保護她……

而且，她也確信自己不會扮演悲劇的女主角。

所以，即使被帶去有著一群獸人士兵聚集的房間，被他們上下打量。

哪怕對方的眼神中有著明確的獸慾。

吉妮仍不改坦然的態度。

「……小姐，妳可真堅強啊。還是說，妳不明白接下來妳會被怎麼對待？」

一名格外健壯，狀似頭目的獸人開了口。

「不，我明白。可是……我就先做個宣告吧。你們一隻手指頭都碰不到我身上。」

獸人們似乎把這句話當成了挑釁，全身漲起了怒氣。

「隊長，不必跟她囉唆。」

「大家趕快上了她吧。」

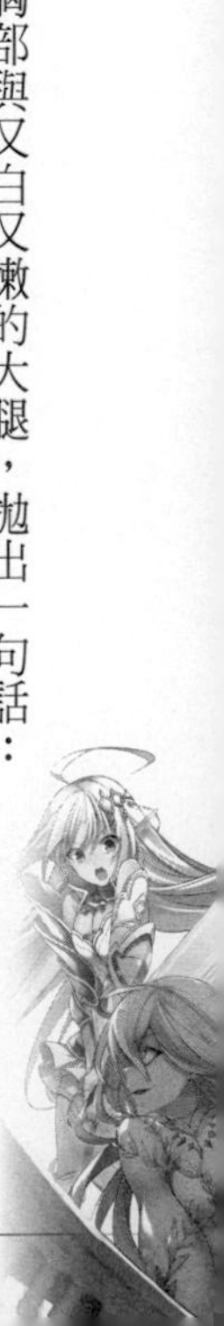

「讓這種囂張的女人屈服的瞬間，最讓人受不了啦。」

聽到獸人們猥褻的話語，被稱為隊長的獸人士兵聳了聳肩膀。

「不好意思啊，小姐。作為威脅敵方又或者是交涉用的材料，我們非得徹底凌虐一名俘虜不可。」

吉妮早已明白這是自古以來常見的手法。

俘虜兩名以上高貴的人物，對其中地位最低的一人進行拷問。

用能顯現影像的魔導裝置攝影，送去地位較高的俘虜家中，加以威脅。

告訴他們說，你們家的人也會變成這樣。

如果不想要這種事情發生，就聽自己的話。

這是可以避免無謂的流血，讓對方服從的手段之一。

「雖然想來對方也不是威脅會管用的對象。嚴格說起來，慰安部下的目的還比較重要。所以呢，就請小姐妳去當他們洩慾的工具了。要恨就恨自己的出身吧。」

獸人們多半是把這句話，當成了開始的信號。

他們開始朝吉妮慢慢逼近。

模樣十分駭人，換做是一般少女多半會嚇得失禁，然而……

吉妮反而甚至露出了笑容。

接著她斷定：

「我再說一次。你們一根手指頭都碰不到我。因為……」

話說到這裡的瞬間，周圍傳來了盛大的破壞聲響。

獸人們從獸性大發的狀態急轉直下，眼神中有了緊張。

吉妮對這樣的眾人，把剛才的話繼續說完。

她挺起胸膛，以充滿確信的神情說：

「我啊，有白馬王子的。」

第七十六話　前「魔王」與稀有種族的戰鬥

轉移到的場所，是在敵方堡壘的正中央。

本來這裡是拉維爾的堡壘，用來防範外敵的侵略，如今卻被敵方奪取，成了他們的根據地。

這個堡壘設計成一座小小的城郭都市，四方有著堅固的城牆，內部則有士兵宿舍與瞭望塔等諸多建築物林立。

就在這堡壘的中央廣場。

我們受到以獸人為中心的敵軍矚目。

「……啊？」

「那些傢伙是怎樣？」

「突然冒出來……？」

火把的火光照耀下，敵兵的喊聲此起彼落。

每個人都顯得大惑不解。

這也難怪。據人們所知，轉移魔法是已經失傳的魔法。

因此，他們不會想到敵人有可能突然攻進陣地。

而我也不管這些動搖的敵兵，對伊莉娜與席爾菲下達指示。

「這次我們也分頭行動吧。我想這樣才是最有效率的。」

席爾菲似乎沒有異議。

但伊莉娜似乎不太一樣。

「我說啊，亞德，我也想和席爾菲一樣，單獨去找吉妮。」

她說出這樣的話來。

而且她看著我的眼神裡，還有著堅定的意志。

……相信森林裡感受到的無力感，就是最重要的理由了吧。

也好。單獨行動雖然危險，但我有自信，無論發生什麼事，都有辦法救她。

這個時候還是隨她高興吧。

「了解。我會為妳祈求武運。」

對於我的回答，伊莉娜強而有力地點頭回應。

我確定她有了回應後，一邊對周遭的士兵微笑，一邊宣告：

「即使我問了俘虜在哪裡，你們也不可能會乖乖告訴我。因此——我要和你們一樣，用

蠻族作風來探索。」

我這麼敘述後，席爾菲毫不猶豫地蹬地而起。

接著用她舉在手上的聖劍迪米斯·阿爾奇斯，接二連三砍倒附近的士兵們。

不需多言。就像呼吸似的蹂躪敵陣，達成目的。

這是不折不扣的蠻族作風。

「吉妮～～～～～～～～！妳～～～～～～～在哪裡啊啊啊啊啊啊啊啊啊啊啊啊啊啊啊啊啊啊啊！」

席爾菲一個又一個地砍倒敵兵，大聲嘶吼。

或許是被她的英姿觸發，伊莉娜的眼神中也翻騰著勇氣。

「『火牆術（Flare Wall）』！」

她發動火屬性的中階攻擊魔法。以火海覆蓋大範圍，解決了許多敵兵。

就這樣，伊莉娜也和席爾菲一樣，一邊在堡壘中奔跑，一邊呼喊吉妮的名字。

「好了，我也該動起來了吧。」

我運用魔法，隨時監控伊莉娜與席爾菲的狀況，同時自己也適度地行使力量。

我一邊大剌剌地行走，一邊朝目視到的敵方轟出魔法。

這是一次完全無從抵抗，無從迴避的快攻。因此，凡是站到我面前的人，全都一句話都來不及說就倒在了地上。另一方面，伊莉娜與席爾菲四處橫掃，漸漸聽得見士兵們的喊聲此起彼落。

「照這樣子下去，應該能如我所預期，同時完成救出吉妮和掃蕩敵軍這兩個目的。」

如果只要救出吉妮，只要用轉移魔法跳到她所在的地方就解決了。

然而，現在處在戰爭中，應該要隨時想著如何做出能有效對戰事有所助益的行動。

因此我想到，要同時達成救出吉妮與奪回堡壘這兩件事。

我之所以讓席爾菲與伊莉娜大顯身手，理由就在於此。

「敵軍的排除就交給她們兩人，我就去找吉妮吧。」

只要用探測魔法尋找她的魔力反應，一瞬間就能夠掌握她的所在。

看樣子，吉妮似乎處於被許多士兵們包圍的狀態啊。

……但願我趕上了。

我一邊祈求她安全，一邊前往宿舍群當中的一棟。

我隨手揮拳，粉碎了牆壁。

就這樣在宿舍牆上打出大洞，進入我要去的房間。

我看見了許多獸人士兵，以及被他們包圍的吉妮。

……穿著內衣褲，是吧。要是再晚一點，多半已經被迫目擊到令人非常不愉快的現場了

吧。

面對友人只差一步就要被玷汙的狀況，我產生了怒氣。

「你這小子是怎——」

「俗人給我閉嘴。」

我不想聽下流的人說話。

我對存在於室內的所有獸人士兵發動了魔法。讓他們全身起火，然後傳送到離這裡極為遙遠，有著可怕魔物棲息的森林中。

樂意強暴女人與小孩的傢伙不是戰士。比畜生都還不如。

那樣的傢伙就去餵魔物吃吧。

「……非常對不起，吉妮同學。要是我再早些時候抵達，妳應該就不用遇到這種可怕的事情了吧。」

我說話之餘發動魔法，讓她披上學校制服。

吉妮身上有了像樣的穿著後，目光注視著我，搖了搖頭：

「不會，我根本沒遇到什麼可怕的事情。因為我相信亞德你會來。」

吉妮滿面微笑。能夠不辜負她的信賴，讓我覺得非常慶幸。

「對了，亞德，還有其他人來嗎？」

「有的。席爾菲同學和伊莉娜小姐，都正為了救妳而奮戰。」

「是嗎？之後可得對她們兩位好好道謝才行了。」

吉妮有些過意不去似的喃喃說完，然後目光看向門口。

「除了我以外，米謝爾大人……艾拉德大人的弟弟也遭到囚禁。還請將他也同時救出。」

「好的，那當然。」

我對她點頭，然後去找米謝爾。他在狹小至極的室內發著抖。

是外頭仍在持續傳來的破壞聲與吼聲讓他害怕嗎？

這樣的少年米謝爾，一看見我們，立刻睜圓了眼睛。

「吉……吉妮小姐……！原來妳沒事啊……！」

「是。一切都多虧了亞德。」

「亞德……！該……該不會，你就是那個亞德‧梅堤歐爾……！」

「正是。」

他有點害怕地朝我們看過來。這只是我的猜想，但看在這少年眼裡，多半只覺得我是痛毆他哥哥一頓的可怕人物吧。

又或者，是把我認知為家族的敵人。

如果是這樣，這誤會可真嚴重。我為了辯解而開口：

「我和你的兄長，曾經有過一些爭執，然而……我絕對不是你們家族的敵人。因此還請放心。我保證，我會賭上性命維護你的性命周全，將你平安送回你父親身邊。」

「好……好的……！麻……麻煩你了……！」

他連連發抖的模樣，有點像是小動物，讓人心生憐惜。

不管怎麼說，這樣目的就達成了。

我帶吉妮與米謝爾去到室外。

結果伊莉娜她們似乎也正好探索完畢，和我們碰了個正著。

「席爾菲同學，妳那邊的敵兵怎麼樣了？」

「大致上殲滅完了。你這邊似乎也發現了吉妮，太好了。」

殲滅……是吧。的確不再聽見敵兵的吼聲。

應該可以當成奪回堡壘的目的就這麼達成了。

「……伊莉娜小姐。」

「……吉妮。」

伊莉娜她們就在我和席爾菲身邊，對看一眼。

一瞬間，兩人都散發出一種忸怩的氣息，然而——

她們很快就做出了平常的互動。

「哼，不要那麼狼狽地被抓，妳這可不是害我和亞德的休假都毀了嗎？」

「哎呀，連妳也來了呢，伊莉娜小姐。我倒是只要有亞德來就夠了。」

她們說話帶刺，但內心肯定互相懷抱著不同的想法。

伊莉娜確定吉妮平安，鬆了一口氣。

吉妮對朋友趕來救她，感受到喜悅。

看在我眼裡，是這麼回事。

「對了，亞德，這小不點是誰啊？」

「喔，這位是——」

事情就發生在我說明到一半時。雷聲突如其來響起，充滿殺意的紫電撲來。

我立刻以防禦魔法「屏障術(wall)」應對。

球狀的膜遮住眾人全身，讓眾人免於受傷。

「……各位，請退開。」

我睥睨著出現得毫無脈絡的敵方，有了這樣的念頭。

原來如此。這傢伙就是他說的「龍人」嗎？

一頭留到腰間的白金色頭髮，被夜風吹得飛起。

修長的身軀上披著厚實的深色大衣，雙手收在口袋裡。

他外表極美，但身上到處浮現著像是爬蟲類會有的鱗片，是有點異形的美。這樣的「龍人」看著我開了口：

「……你就是亞德・梅堤歐爾？」

「正是。」

我立刻回答，同時對方全身迸發出鬥志與殺氣。

「……竟然吸引我主人的矚目，置我阿爾賽拉於不顧，豈有此理。」

「龍人」阿爾賽拉發出出自於嫉妒的情緒，彷彿想用眼神殺了我似的瞪著我。

就在這一瞬間——

一陣像是被鐵鎚敲打的衝擊，傳遍整個頭部。

這肯定是敵人的攻擊所造成，但並未有魔法陣顯現。

這就是「龍人」一族之所以是強者的要因之一。

他們操持龍特有的魔法言語，而其中有種祕法可以隱藏魔法陣。

讓魔法陣隱形，也就表示會讓人看不出他們發動魔法的時機。這在魔法戰當中會形成非常大的優勢。

附帶一提，眼前這名男子似乎不只能隱蔽發動的時機，連魔法的內容都能夠讓人看不出來。

可以說是無從迴避的奇襲魔法吧。

換做是一般的敵手，相信已經被這一擊所打倒。

然而——

「……果然，不足以葬送你啊。」

沒錯，換做是一般人，頭部多半已經被先前的魔法打得粉碎。但對我而言，這種程度的魔法沒什麼大不了。

我下意識中釋出的魔力形成某種屏障，讓對方的魔法威力減半。

「雖是下等種族，卻有這異常的魔力量……但即使如此，還是不及我。」

對方的殺氣與鬥志都變得更強了。

該說接下來才是重頭戲嗎？

「各位請聽好了，你們不用出手，他由我來解決。」

席爾菲冷靜地點頭，米謝爾則維持坐倒的狀態點頭。

伊莉娜與吉妮也都默默將答應的意思表現在臉上。

兩人都冒著大量的冷汗。

她們想必是想起了以前對峙過的那個女人吧。

狂龍王艾爾札德——站在眼前的男子阿爾賽拉散發出來的氣息，和她有點像。

而他的力量，在現代也同樣堪稱破格。

他看穿了我的不死性，仍表現得老神在在。

這也就表示，他擁有某種連無限靈體都能夠一擊屠戮殆盡的手段。

「你的頑強性很高，只有這點我予以肯定。然而……無論多麼強固，在『這個』之下都是無力的。」

他身旁的虛空開出一個黑暗色的洞。阿爾賽拉伸手到洞裡……

取出了一把大劍。

模樣像是用某種生物的骨骼加工而成。

這把劍發出凶煞的靈氣，對我的精神施加一種會產生麻刺感的壓力。

「這是我們一族的至寶。是用神祖天龍的骨頭打造而成。龍骨會吞噬靈魂，提昇力量。因此——」

阿爾賽拉一邊舉起大劍，一邊宣告：

「你最好當作只要被輕輕劃到，就會當場斃命。」

接著朝我踏上一步。

不折不扣的神速。一瞬間就消滅了敵我之間的距離，我轉眼間進入了死圈。

「吁！」

高亢的呼喊聲中，龍骨製的大劍揮來。

我往旁一跳，躲過從我右側腹揮往左肩的一劍，同時也與伊莉娜她們拉開了距離。

阿爾賽拉立刻蹬地跨步，又在轉眼間拉近距離。

「喝——————呀啊啊啊啊啊啊啊啊啊啊啊啊！」

他大吼聲中，使出了連斬。

實在太快。撕裂大氣的聲響，在斬擊過後才聽見。

阿爾賽拉這番連聲音都拋在後頭的劍技，不折不扣破格到了極點。這本事即使在古代世界也管用。

然而——

「這是……為什麼……！」

「龍人」的臉上冒出了冷汗。

「為什麼……砍不中……！」

他揮出的劍閃，總計九百六十七劍。

每一劍我都完全躲開了。

我一邊把之後的斬擊也悉數避開，一邊微笑著說：

「你的選擇很正確。即使用魔法，在我的異能之下也是無力的。豈止無力，甚至還有可能被反將一軍。因此你打算以純粹的劍技解決我。你就是這麼判斷的吧。」

阿爾賽拉什麼都不回答。只將苦悶的表情貼上他美貌的臉孔。

我看著他的臉慢慢染上絕望的神色，開口說道：

「選擇確實正確。然而……前提本身就錯了。你認為只要用劍技對決，就能讓我的長處無用武之地，也就能夠勝過我。這個想法本身就錯了。」

接著我笑瞇瞇地逼對方面對現實。

「你為什麼會覺得我劍技不精呢？這讓我有點無法理解。」

沒錯，我擅長魔法，但並非不擅長劍技。

相反的，我在古代世界和奧莉維亞並稱為最強劍士，名聲十分響亮。

阿爾賽拉的本事確實驚人。然而我見識過曾站上那個時代頂點的奧莉維亞的劍技，看在我眼裡，他的本事就像三歲小孩。因此——

「你的斤兩我已經看清楚了。就讓我們結束這場比試吧。」

「嗚……！不要……小看我！」

在怒吼聲中揮出的一劍，實在有著太多破綻。

大動作當頭直劈的一閃。我輕而易舉地躲過……

一掌打在對方的胸膛。

「嗚啊！」

衝擊貫穿胸部，將支氣管震得血肉模糊。

阿爾賽拉咳出血，當場倒下。

「好……好厲害……！亞德果然好厲害……！」

「是嗎？那種程度的對手，我也輕輕鬆鬆就打得倒啊。」

「……他的背影……還好遙遠呢。」

三名少女紛紛說出自己的感想。癱坐在一旁的米謝爾，也以驚愕的表情看著我。

我承接著他們的視線及話語，低頭看著阿爾賽拉，質問道：

「『龍人』族只會服從比自己高階者。因此，絕對不會被其他人種當成棋子使喚……然而你卻投靠阿賽拉斯聯邦，這當中到底有著什麼樣的企圖，還請你告訴我。」

如果是為了妻小這一類的理由，那就沒什麼問題。

然而，如果這次的事情，有萊薩和「魔族」以外的重量級角色參與在其中……那就有可能發展成超出我想像的大浩劫。

我就是為了弄清楚這一點而問問看，但阿爾賽拉只默默瞪著我。

果然不可能乖乖回答啊。

「那我只好用強……」

我話才說到一半──

「我的主人，不是你們這種畜生般的人。齷齪的獸人王，又怎麼可能是我的主人。」

他說出了這樣的話來。說話的聲調中，有著對死做出覺悟的人特有的氣魄……

相信他也正是為了避免情報外流而拋棄性命。

下一瞬間，阿爾賽拉全身發光，魔法陣圍繞住他四周。

「以龍言語運作的誓約魔法？也是，當然會有這樣的對策了。」

一旦違背誓約，就會當場遭到消滅。這肯定是為了防止情報外流而施的法術吧。阿爾賽拉就是透過這誓約魔法的效力，結束了自己的生命。

魔法陣消失後，再也沒有任何東西留下。他是判斷這些情報被我知道也不成問題，所以就只說出這些情報，犧牲了自己，以免被我知道更多。

……龍言語連我都很難解析。因此，我無法阻止他自盡。

「不過話說回來，竟然為了主人而捨棄性命。這種劇烈的忠義，不是『龍人』族本來就有的。」

我手按下巴思索。敵方有著連高傲的「龍人」都心醉的主子。這點想必錯不了。

而這個人，並不是阿賽拉斯之王德瑞德。

這也就表示……這次的事情，果然不是阿賽拉斯失序的舉動。

萊薩、「魔族」、阿賽拉斯聯邦，以及尚未露面的幕後黑手。

這些勢力是在什麼樣的圖謀下共同行動，至今仍未揭曉。

但相信這個謎也遲早會解開吧。

現在我只能專注於解決眼前的狀況。

已經救出吉妮，還救出了艾拉德的弟弟。

然而，一切並非就此結束。反而才正要開始。

「吉妮同學，妳和艾拉德的雙親現在人在哪裡？」

「分別在前線所設的不同堡壘，負責警戒任務。」

「那麼我們就過去吧。首先就和你們的雙親，一起讓阿賽拉斯全軍撤退。」

我將此定為眼前的目標，再度發動轉移魔法。

心中有個角落，對阿爾賽拉最後所說的話，仍有些耿耿於懷——

第七十七話 前「魔王」與高階貴族會面

拉維爾與阿賽拉斯的國境沿線，存在著多個堡壘。

我們轉移過去的就是最堅固的一座。

由於周遭的地形等因素，這個地點極度容易受到攻擊，駐紮的士兵與防衛設備品質也必然更高。

然而……

看來敵方似乎並未把這個堡壘的防衛能力當一回事。

又或者，是為了收集有關堡壘的情報？

我們忙著處理許多事情的時候，敵軍似乎進行過襲擊。

轉移到堡壘內部的瞬間，我們目擊到一群受傷的士兵。

他們一副剛打完一仗的模樣，心情亢奮，對突如其來出現的我們露出犀利的殺氣。

「這些傢伙是怎樣！」

「又是敵襲嗎！」

他們和先前的獸人士兵不同，反應十分劇烈。

但話說回來，他們的殺氣立刻就消失了。

「喂……喂，那個小伙子……不是，我是說那個小少爺……不是米謝爾少爺嗎？」

「吉妮小姐也在耶……！」

士兵們似乎在看到他們兩人後，判斷我們是自己人。

吉妮坦然走到他們面前，開口說道：

「看來各位剛打完一場，真的辛苦了。我們也才剛完成任務，把阿賽拉斯的野蠻人從市街上一掃而空了。」

吉妮說得像是自己的功勞。

她非常聰明而成熟。

這種時候，與其主張是個陌生少年的功勞，還不如由他們所認識的貴族主張是自己的功勞，來得淺顯易懂。

就是這種淺顯易懂，提昇了士兵的士氣。

「喔喔！真不愧是薩爾凡家的千金！」

「和史賓瑟家的少爺們一樣，年紀輕輕就有大將之才啊！」

「這下子我們的生活也安穩啦！」

吉妮、米謝爾與艾拉德，對士兵們來說是將來的主人。

證明他們的有能，也是促使士氣提昇的要因。

前途無量的主人，以及故鄉將來的安穩──他們就是為了保護這些而拚命。

「……對不起，亞德。做出搶走你功勞的事情。」

「不會，不用放在心上。妳反而應該抬頭挺胸，妳的判斷對極了。」

身心都受到創傷的士兵們，已經變得意氣風發。

照這樣看來，無論敵人如何襲擊，他們應該都能勇敢地應戰。

「……好了，那麼吉妮同學，還有米謝爾先生，我們去找你們的雙親進行戰勝報告吧。」

「是啊。米謝爾大人的父親傑拉德大人，以及……我的母親夏容。我想他們兩位一定正在兵營裡召開會議。我領各位過去。」

吉妮態度顯得鎮定，然而……米謝爾卻全身發抖，直冒冷汗。

「嗚嗚……不要……我才不想見父親大人……」

從他的反應，就能想像公爵是什麼樣的人物。

這樣看來，到時候也許會弄得劍拔弩張。

我想到這裡，一邊聳著肩膀，一邊隨著眾人走去。

接著我們在吉妮的帶領下，來到一棟建造得格外雄偉的兵營中。

我們接受沿途走過的士兵們敬禮，抵達一個標示為會議室的房間。

看來吉妮所料不錯，室內似乎正熱烈進行會議。

吉妮一邊聽著傳到門外的說話聲，一邊將目光朝向米謝爾。

「米謝爾大人，請敲門。」

「咦，不……不對，可是……」

「我是你們的家族史賓瑟家的家臣。家臣萬萬不該搶在主人前面。來，快點。」

「嗚嗚……！知……知道了……！」

多半是極度厭惡受到矚目吧。我隱約能夠體會他的心情。

他像隻幼犬似的全身發著抖，敲了敲門之後，下定決心似的呼喊：

「傑拉德公爵次子！米謝爾！前來報告！」

這一瞬間，室內傳出的說話聲立刻停歇。

接著就聽見一個莊嚴的說話聲。

「進來。」

這像是迴盪到丹田的重低音，多半就是艾拉德與米謝爾的父親傑拉德所發。

米謝爾被這聲音嚇得發抖，但仍打開門，走進會議室。

我們也跟著他，踏進室內。

會議室裡完全沒有多餘的裝飾，中央擺放一張圓桌，多名男女圍繞圓桌而坐。

室內就像個只為了進行軍事會議而存在的空間，果然有種獨特的緊張感。

不只因為這是個要對將來做出重大決定的場所……

一名男子散發出的強烈壓力，應該也是一大要因。

「報告吧。」

說出這麼短短一句話的人，就是傑拉德嗎？

原來如此，是個典型得像是從繪畫裡走出來的「可怕的武人」啊。

艾拉德與米謝爾的家族史賓瑟家，自古以來就是武將一族。

傑拉德的面孔，就像是在象徵這樣的家世。

剽悍的面孔上刻有無數傷痕。不折不扣是戰士的面孔。

被這張臉瞪著，相信連哭泣的小孩都會不再吭聲。

面對這樣的他，米謝爾畏首畏尾地開了口：

「在……在沙謬爾進行的鎮壓作業！以及奪回遭到占領的堡壘！兩項任務都已經在方才完成！」

聽到這個報告，圍坐在圓桌旁的人們，表情都微微放鬆。

「竟然……！出陣以來還過不到十天……！」

「史賓瑟家的少爺就要這樣才行。」

「薩爾凡家的千金似乎也相當有能耐呢。」

一名老將看向一名女子的臉。

是坐在傑拉德身旁的美麗魅魔族。

她有著桃紅色的頭髮，眼角微微下垂的眼睛，風貌文靜。

這些特徵和吉妮一致。

她肯定就是吉妮的母親吧。

這樣的她只對女兒微笑，一句話也不說。相信這是她考慮到現場的氣氛與自己的立場等因素之後，做出的判斷。

……而在她身旁，傑拉德對戰勝報告則絲毫不露笑容。

他以嚴厲的表情看著米謝爾，說出一句仍然很短的話。

「說明詳情。」

這個時候，將會考驗米謝爾作為貴族的手腕。

如果老老實實說出至今所發生的一切，那就是三流以下。

這種時候要扭曲事實，始終主張功勞歸於自己與兄長，然後不著痕跡地也強調一下吉妮

的功勞。

這才是正確答案，然而……

「兄……兄長和……吉……吉妮小姐，英勇奮戰！可……可是後來『龍人』種插手，我和吉妮小姐成了階下囚──」

看來這個少爺，沒有一丁點作為貴族的才幹啊。

他毫不扭曲，說出了原原本本的事實。

這是大大的失敗。身為貴族後代的伊莉娜與吉妮不用說，連席爾菲也明白。

她們都一同做出「哎呀～這孩子搞砸啦」的反應。

接著──

聽到這種報告的眾人，臉上也都浮現出苦澀。

「然……然後，在亞德．梅堤歐爾先生的活躍下，一切都──」

「米謝爾。」

報告到一半，傑拉德額頭上冒出青筋，叫了兒子的名字。

風貌原本就很嚇人的這名男子，現在發出了怒氣。

相信這對米謝爾而言，可怕得足以令他石化。

接著傑拉德以平靜，卻又讓人感受到確切怒氣的聲調說：

「出去。」

聽到這以不容拒絕的聲調發出的命令，「遵命！」米謝爾連應答聲都破音，逃走似的離開了室內。

之後，傑拉德看著我。

「小犬受你照顧啦。米謝爾，還有……艾拉德。你和敝家族，似乎有些緣分。」

這句話並不是發自感謝。

正好相反。

他的眼神像是在說，他對我由衷不悅。

看來他是典型的「高高在上的貴族」。

他鄙視平民，徹頭徹尾不把平民當人看待。

而且，相信自己的價值觀絕對正確。

……要跟這類人打交道，非常麻煩。

敷衍過去大概比較明智吧。

「像我這種低賤的平民，哪裡敢高攀與公爵家的緣分呢……」

我以敬畏的口氣說話，但我的反應似乎火上添油，讓傑拉德加重了怒氣。

啊啊，果然很麻煩啊。這種類型的人，不管說什麼都會生氣。

所以，我其實已經不想再跟他打交道。

但現狀不容我做這樣的選擇。

這場戰爭，我若不參加，就無望速戰速決。

因此這個時候，就對事後會有的麻煩做出覺悟，做該做的事吧。

「說來惶恐，傑拉德大人，現在處於緊急事態。至少，不是您有空把時間花在平民身上的狀況。因此，還請立刻繼續進行會議。而我們希望能夠同席。」

我自覺說話的口氣有些太直接。

以傑拉德為首，圍住在圓桌旁的人們，大多已經表示出不悅。

也不想想自己是平民，也太囂張了——這樣的想法已經表現在臉上。

好啦，該怎麼讓這群貴族主義者接受呢？

就在我想到這裡的當下——

「讓這些傢伙也參加會議。」

門被打開，接著一名少年走了進來。

是艾拉德。

他一瞬間和吉妮對看一眼，露出尷尬的表情。

吉妮也以五味雜陳的表情低頭。

艾拉德從她身上撇開目光，散發出有些抑鬱的氣氛。

為了把這種心情撇開，我丟出問題：

「您到得可真快。我和您道別，還過不到一個小時。」

「這是因為那個啦，就是你露過一手的轉移魔法。我複製了術式，改編成我也用得出來的法術。」

「……哦？」

過去，眾人稱艾拉德為神童。

當時我不知道現代的常識，所以判斷他很無能……但有了這些常識的現在，我對他的評價完全反了過來。

雖說不如古代那些傢伙，但以現代出生的人而言，他不折不扣配得上神童的美譽。複製與改編術式——這兩件事都不是現代人可以輕易辦到的。

「不過比起原版挺微妙的就是了。而且在抵達目的地前，得經過好幾個地方轉接。」

「即使如此，這仍是非常了不起的本事，您果然有一套。」

「別說啦。就說你的誇獎和諷刺根本是表裡一體了。」

艾拉德聳聳肩膀。

看來抑鬱的心情已經消失了。

他再度面向父親傑拉德。

「老爸你也知道，亞德．梅堤歐爾是大魔導士的兒子。然後，這邊這個精靈族是伊莉娜．利茲．德．歐爾海德，是英雄男爵的女兒。然後這邊這個紅頭髮的……」

席爾菲莫名地「哼哼」一聲，露出得意的表情挺起胸膛。

然而，艾拉德額頭冒出冷汗。

「呃～～～……………………妳誰？」

「啊哇哇！」

這句話讓席爾菲憑空跌了一下。

不過這也沒辦法。畢竟她是唯一在現代沒有頭銜的人嘛。就算說「動盪的勇者」就是她，也不會有人相信。

席爾菲似乎也從過去的經驗，做出了這樣的判斷。

「總覺得最近，只有我受到的對待很過分……」

她只鬧彆扭似的噘起嘴唇。

「總之，讓亞德和伊莉娜加入會議，也就表示能夠期待他們兩位的雙親出力協助。你們也知道那幾位大英雄的實力吧？」

艾拉德毫不畏懼這些態度強勢的大人，說話反而牽制著他們。

他坦蕩蕩的舉止，配得上公爵家長子的身分。

他父親傑拉德似乎也是同樣的意見。

儘管仍有不滿，但似乎接受了。

「……所有人坐下。」

於是會議繼續進行。

最先開口的是艾拉德。

「看來我們去沙謬爾的期間，有過襲擊啊。部隊的現況怎麼樣了？」

聽到這個提問，所有與會將領都沉默了。

吉妮的母親——夏容，替籠罩在沉重氣氛下的他們做出回答：

「先前的一戰，我們勉強擊退了敵人，但結果失去了許多士兵。雖然將官無人戰死，但是……」

「很多步兵被殺掉了是吧？嘖，糟透了。」

因此就現狀而言，這個堡壘似乎變成了防守最薄弱的地方。

沒錯，這個必須防守得最嚴密的地方，現在處在最脆弱的狀態。

那麼首先應該考慮的就是——

「從其他堡壘調人來比較好吧？」

伊莉娜說得沒錯，調集兵馬是最省事的方法。

然而，這多半有困難。

「我聽說阿賽拉斯的兵馬，基本上都有著數量優勢，而且還兵強馬壯。因此，他們能夠對所有堡壘進行波狀攻擊。既然如此──」

「啊啊～對喔，那這樣就不能調集人員過來了。不然就算守得住這裡，其他堡壘也會淪陷……」

沒錯。調集人馬，也就必然會導致此地以外的重要據點防守變得薄弱。

要守的不是只有這個堡壘。不讓敵人越過國境，才是最重要任務。為此，從其他地方調集人員的手段是不可能採用的。

既然如此──

「去請附近的貴族協助就可以了啊。」

席爾菲的發言，也是正確答案之一。

然而，這樣的想法，想必在座的每個人腦海中都浮現過，卻又都判斷不可行。

彷彿要證明這點，艾拉德嘆了一口氣：

「貴族真的是一群非常蠢的傢伙。嫉妒心強，自尊心又高。這些因素互相連鎖個不停的結果……就是我們家族呢，搞得有夠麻煩的。」

艾拉德說了。說他們家族是從這個國家誕生以來就延續至今的公爵家族。

說他們自負有著長年的歷史，對國家的繁榮最是盡心盡力。

然而，正因如此——

史賓瑟家代代對其他貴族採取高壓的態度。

「剛才我也說過，貴族這種生物，就像是自尊心的結晶。所以啊，他們沒有一丁點乖乖敬重上位者的想法。他們心裡有的，就只有對立場更高的人所懷抱的嫉妒，以及想取而代之的意思。」

如果是聰明的家族，會千方百計籠絡這樣的一群人，將他們納入自己的勢力當中。然而，史賓瑟家說得好聽是自豪的武門，說得難聽就是一群腦袋長肌肉的傢伙，不認同這種做法。

他們這些年來都鄙夷地認為那種做法是耍小聰明，只以絕對強者立場的高壓態度進行支配。

接著艾拉德拄著臉，嘆著氣說道：

「我們家代代的外交都爛透了。因此周邊貴族全都跟我們為敵。就算要他們派兵，他們也只會找各種藉口，不可能答應……唉，就是因為沒有人望也沒有友情，這種時候才會陷入危機。這狀況是我和你兩個人都有責任啊，老爸。我看你今後還是多努力點交朋友比較好吧？」

對於這語帶批判的視線，傑拉德「哼」了一聲，當場駁回。

「我們不需要小聰明。這些年來我們始終以武力開出道路，今後也不會改變。」

「也得要有今後就是了……夏容爵士，關於敵人的第二波會在幾時打來，妳可有個估計？」

對艾拉德的提問，夏容以苦澀的表情點點頭。

「如果密探的情報正確……說是對方訂立了這樣的戰略——預計在大約十天後，調集相當的兵力，一口氣突破這個堡壘。」

雖只是傳聞，但據說夏容與吉妮的家族薩爾凡家，代代都擅長諜報活動。

魅魔族這個種族具備的特質之一，就是魅惑能力（Charm）。她們能夠運用這種能力，將對方銷魂蝕骨，問出情報。

據說哪怕是對任何拷問都不會屈服的戰士，一旦碰上她們這種能力，也立刻就會變得和奴隸沒有兩樣。

因此，她們帶來的情報可信度很高。

「……原來如此。整理一下狀況，差不多就是這樣？十天以內會有敵方大軍攻來。對此，我方也非得湊足最低限度的兵力不可。否則就必須以寡敵眾，而且要對付的是極其精強的阿賽拉斯軍。」

坦白說，這狀況令人絕望。打敗仗的可能性十分濃厚。

正因如此，眾人才會從剛剛就頻頻瞥向我和伊莉娜。

雖然不說出口，但多數人是這麼想的。

想著如果能有我們的雙親，也就是大英雄出手相助就好了。

畢竟他們的實力，足以打倒復活的「邪神」——哪怕是已經弱化過的。

這種力量能夠以一當千。只要有他們加入，也就看得見勝機。

然而……

「我的父母親以及英雄男爵，不會加入戰列。就由我亞德·梅堤歐爾，將此次戰爭導向勝利吧。」

對於我的宣言，伊莉娜、吉妮、席爾菲與艾拉德等四人，都懷抱著「也是啦，是會這樣吧」的確信，點了點頭。

然而，對我的實力只從風評中聽說的人們，則投來懷疑的目光。

尤其傑拉德更是忿忿地瞪著我。

「小子，別說大話了。你說你能做什麼？」

「如同我先前所說……將勝利的榮耀帶給各位。」

傑拉德擠在眉心的皺紋更深了。

但他似乎有了先看看我的手腕再說的想法。

傑拉德沉默不語，注視著我，要我說下去。我一邊將視線在以他為首的所有人身上掃過，一邊問起：

「請問我方失去士兵，大概過了多少時候？」

送來答案的是夏容。

「我想應該過了三天。」

嗯。既然如此，也就沒辦法讓失去的士兵復活來補充戰力了啊。過了三天，靈體就會去到冥府，該名死者也將永遠不可能復活。

雖然這不出我所料。

即使沒有人數優勢，也能夠打贏戰爭。

首先要做的，就是紮營設置陣地吧。

正巧圓桌上就攤開了國境周邊的地圖。

我用魔法創造出一根長了點的指揮棒，用來指向地圖上的一個點。

「對方知道我方的現況，會派大軍來攻陷這裡……這樣的結論未免太欠思量。對方不是糊塗的肌肉腦袋集團，而是很會打仗的阿賽拉斯。既然如此，我們應該想成對方很可能會使出狡詐的計謀。」

聽我這麼說，一名老將開了口：

「狡詐的計謀？你說那些蠻族會用聰明的戰術？」

對於這懷疑的視線，我聳了聳肩膀。

「許多國家都稱阿賽拉斯為蠻族國家。要這樣蔑視他們，並沒有什麼特別嚴重的問題。

然而……我認為輕視對手就不是很明智了。」

阿賽拉斯是一群野蠻人的集團，這群傢伙活著就是以淩辱敵方勢力取樂。這點不會錯。

然而，如果剖析他們的歷史……

應該就能理解到，他們並非只是一群野蠻而愚蠢的人。

「直到幾年前，現在的一國之主德瑞德·班·哈統一國家之前，阿賽拉斯一直在反覆進行內戰。沒錯，阿賽拉斯的歷史就是戰爭的歷史。因此，他們的經驗是壓倒性地比我們豐富。」

接著我做出斷定。

「就戰爭這件事而言，他們遠在我們之上。我們就先從承認這一點開始吧。就是因為先前沒有這樣的認知，我們才會像這樣陷入僵局。」

聽到這幾句話，老將沉默了。

我把離題的討論帶回正題。

「我們現在的所在地是這裡。然後，敵軍紮營的地點……多半是這一帶吧？」

我對夏容一問，得到了肯定的回答。

「那麼事情無疑會演變成我所說的情形。他們多半是為了控制我們的思考，特意在這個地方設下陣地的吧。也就是說，為了讓我們認為他們不會耍任何計謀，會直線前進，以優勢武力來結束遊戲（戰爭）——這裡就是這樣的地方。」

一片毫無起伏，完全平坦的平原。就「常理」推想，從這裡通往我們堡壘的路線，就只有一條。

也就是直線進攻，攻陷堡壘。在這個地點設下陣地，就像是做出這樣的宣言。

「對此我們該如何行動？這就是關鍵所在，然而……這個時候，我打算特意走比較差的一步棋。」

目前沒有一個人理解我的想法。

連伊莉娜他們都露出了不解的表情。

我面對他們，用指揮棒指向一個地點。

「首先，我們趕往這裡，設立營寨。這裡是阿賽拉斯軍肯定會通過的地點，對我們來說最好進攻。」

堡壘前的地形是一片丘陵地帶。起伏劇烈，因此有許多險要之處。

戰場上的險要處，指的就是高處。從這些高處俯瞰敵手，往下發射魔法，就能輕易擊潰對手。

另外，只要盤據在高處，也就必然能夠掌握敵軍的所有動向。

「只要比敵方先拿下所有險要處，我們就等於掌握了地利。比起據守在情報多半已經在上次襲擊中被對方掌握的堡壘，勝算要高得多了。」

聽到這樣的說明，一名將領歪著頭問起：

「這步棋哪裡不好了？我倒認為這是極為妥當的方針。」

我搖搖頭，這樣回答：

「的確極為妥當。若說我們還有什麼勝算，就是盤據在丘陵地帶，拿下所有險要處，除此之外別無他法。而理所當然……敵方對此也再了解不過。」

聽我發言說到這裡，吉妮出了聲。

「原來是這麼回事啊。」

不只是她，艾拉德與席爾菲似乎也理解了我想說的事。以傑拉德為首的將領們也一樣。

相反的，不熟悉戰事爾虞我詐的伊莉娜，則似乎什麼都還沒搞懂。

我為了對她講解而開口：

「我就來詳細說明我所推測的敵方策略吧。首先，阿賽拉斯多方布局，縮減了我們發想的範圍。也就是逼得讓我們只會想到一種方法，認為除非據守這丘陵地帶，否則不可能獲得勝利。」

我用指揮棒戳在地圖上的一部分，繼續說下去：

「相信阿賽拉斯也真的派了一定程度的兵力前往丘陵地帶吧。可是，那終究只是誘餌。主力部隊……會經過這山岳地帶，迂迴過來。為的就是占領所有兵力都已經出陣，無人防守的堡壘，對吧。」

透過這番解說，伊莉娜也聽懂了似的點點頭，然而……

相對的，其他人似乎產生了新的疑問。

「這山岳地帶的地形非常險惡，他們有辦法帶著大軍突破嗎？」

「如果照我們的常識推想，這路線應該是行不通吧。可是，對他們來說不一樣。如果是完全由強健的獸人組成的軍團，他們肯定認為有方法突破。獸人種體力很高，極為頑強。即使是艱險的山岳環境，我想應該也能輕而易舉地克服。」

這些內容都是不需說明大家也會懂的。

接著傑拉德所問出的問題，指向了核心。

「……那麼，亞德・梅堤歐爾啊。假設你所說的內容正確，我們要怎麼辦？現在能夠正常作戰的士兵人數極少，如果在丘陵地帶和山岳地帶都派出兵力……相信在兩個戰場都會吃敗仗吧。」

沒錯，到了這個環節，人數的問題再度浮上檯面。

如果把軍隊一分為二，分頭進軍，應該就會如傑拉德所說，吞下敗仗。

我方的兵力本來就是少數，如果還分成兩半，那麼無論用上什麼樣的戰術，都不可能獲得勝利。因此，只能把兵力派到一個地方。但這樣一來，雖然能在兩個地點當中的一處獲得勝利，卻會容許對方入侵另一處。

「現狀仍是無計可施，這點並沒有任何改變。你要怎麼打破這個僵局？」

面對傑拉德考驗似的目光，我回以悠然的微笑。

「不把軍隊一分為二。如同先前所說，我們就先在丘陵地帶紮營吧。這樣的情報……就特意讓我們內部多半存在的密探帶回去。為的是讓對方以為我們中了對方的計。然後再把兵力合而為一，讓全軍移動到山岳地帶。」

「……這樣一來，前往丘陵地帶的敵軍要怎麼辦？」

「關於這點，沒有任何問題。」

我挺起胸膛，坦蕩蕩地宣告：

「由我亞德．梅堤歐爾，單騎擊滅敵軍。」

◇◆◇

正因為事態緊迫，更需要有時間鎮定下來。傑拉德似乎也明白這點，在開始動身前，先下令所有人休息。

我們也分配到了一間宿舍，今晚就和其他士兵們一樣，得到充足的餐點和睡眠後休息。

是時候了。

吃完飯後，我前往另一個房間。

是艾拉德的房間。開戰前，我有些話想跟他說。

因此我來到他分配到的房間前，敲了敲門。結果……

「喔喔～嗯。」

以應門而言，這聲音有點奇怪，不過算了。我轉動門把，進了他房間。

這一瞬間──

「舒服嗎，主人？」

「棒……棒透啦，莉莉絲！就是那邊！那邊多踩幾下！」

床上。

我看見了艾拉德讓隨侍的美貌少女女僕踩自己背的情景。

「喔、喔喔～～嗯……………………啊。」

看來他似乎發現我了。

我微微一笑。

「兩位慢慢來。」

說著就要關門，然而……

「慢著慢著慢著！你誤會了吧！你一定誤以為我是個讓女僕踩自己背在爽的變態吧！」

「不是事實嗎？」

「不是，才不是～～！是按摩！這就只是按摩！」

「……具有性意味的？」

「是普通的按摩！我哪會讓莉莉絲做具有性意味的事情！」

艾拉德喊得氣喘吁吁。

名叫莉莉絲的女僕依然踩著他的背，開口說道：

「艾拉德少爺說得沒錯。這就只是在按摩。」

「嗯！就是啊，莉莉絲！」

「可是……艾拉德少爺是隻愛受虐的豬，所以似乎也會感受到性快感。」

「莉莉絲！妳說這什麼話啊，太扯了吧？」

莉莉絲始終面無表情，看著艾拉德慌張的模樣。

她的表情非常平板，然而……我卻覺得有種充滿愉悅的跡象。

看到他們兩人這樣的互動，我嘆了一口氣。

「你在短時間內瘦得讓人吃驚，說話口氣也恢復原狀了，可是……本質的部分似乎沒有改變呢。」

看上去就是以前那個囂張跋扈的艾拉德。然而，內在卻和他發福的那陣子沒有兩樣。相信這個性質，才是他的本質吧。

該怎麼說，雖然有種來錯了地方的感覺，但還是差不多該拉回正題了。

「我是來找你談正經事的，方便嗎？」

「好……好啊！儘管說！」

艾拉德讓踏自己背的莉莉絲退下，起身面向我說：

「所以？你要談的是什麼事？」

「時間也不多了，我就單刀直入說吧。艾拉德同學，我希望你務必盡快和吉妮同學和好。」

聽我這麼說，艾拉德表情一僵。

「這……這個嘛，怎麼說呢……該說是沒有好的時機嗎……」

「這不是時機的問題吧？你要不要正視吉妮同學，才是問題。」

我想起了以前在校慶上和他重逢時的情形。

當時艾拉德是這麼說的。

說希望有朝一日能對吉妮道歉，可是，又不敢面對她。

他對家人……多半就是對父親傑拉德有著恐懼，父親又對他施加沉重的壓力。而他就是為了排遣這些壓力，才開始霸凌與家臣無異的吉妮。

然而艾拉德也說，認識我成了一種契機，讓他精神上做出了改變。

但他也說，正因如此，對於自己對吉妮的所作所為，才更讓他有著比以往更重的罪惡感。

「和我交戰後，你拒絕上學。起初我還以為你是怕我，然而……實情並非如此。你之所以不再來上學，是顧慮到吉妮同學，不是嗎，艾拉德同學？」

聽我問起，他吞吞吐吐，但仍點了點頭。

「……沒錯。因為我和你們是同班同學。只要我去上學，就會每天見到面……想來她根本連一瞬間都不想看到我的臉，我就想既然這樣，乾脆留級個一年吧。」

聽到這樣的想法，我搖了搖頭。

「不可以。我不答應這種事，艾拉德同學。我要你在不久的將來……不，我就說得更具體吧。我要你在這件事結束之前，和吉妮同學和解。然後……請你來上學。」

在我的注視下，艾拉德以狐疑的表情問起：

「為……為什麼要這樣對我施壓啦！維持現狀也沒什麼不好吧。畢竟吉妮看起來也很幸福，沒必要跟我這種人牽扯——」

「請不要說什麼『我這種人』。因為現在的你，對我來說，是唯一能夠成為男性朋友的對象。」

聽到我這個說法，艾拉德瞪大了眼睛。

我對這樣的他，滔滔不絕地、有些起勁地說：

「美加特留姆事變裡，你說過吧，說你認為說不定我們可以當朋友……對我來說，那是決定性的救贖。你的話帶給我的衝擊，比起認識伊莉娜的那個時候，有過之而無不及。」

人會害怕異物。

會害怕壓倒性強於自己的強者。

因此，一旦被對方所畏懼，就無法和這個對象建立友情。

即使事前有過友情，一被畏懼的瞬間，這些關係就會瓦解。

……是艾拉德告訴我，這樣的想法是誤會。

他承受過我的力量，一度對我產生畏懼。

即使如此，他還是說，覺得我和他有些相像。

說正因為這樣，覺得我們也許可以當朋友。

也許那幾句話，是艾拉德不經意說出口的。

但對我而言，那些話卻令我耳目一新。

「艾拉德同學，我想和你當朋友。想和你一起上學、一起參加各種活動、一起歡笑……如果可以，希望吉妮同學也一起。」

相信對艾拉德而言，那是他所期望的未來。

然而──

他以極為消沉的模樣，搖了搖頭。

「……這很難。事到如今，我要用哪張臉去面對她？」

我看著沮喪至極的艾拉德，開口說道：

「現在這張臉就行。吉妮同學不是胸襟狹小的人，她的格局足以接受你的謝罪。你就只要跟她面對面道歉就夠了。只要這麼做，一切就會圓滿收場。」

對於我的發言，艾拉德毫無回應。

沉默維持了一會兒，接著——

「……給我……一點時間。」

他似乎還在游移不定地煩惱。

然而，我覺得看見了一點點積極正面的色彩。

「我們的友情，將在你和過去做出了結的瞬間來臨……我期待那一刻的到來。」

我做出這樣的告知後，就走出了他房間。

然後在回自己房間的路上嘆氣。

比起在戰爭中贏得勝利，梳理糾結的人際關係還難得多了。

我由衷這麼認為。

第七十八話　前「魔王」對大軍開無雙

大致的情形，都照我亞德．梅堤歐爾的盤算進行。

休息過後，我軍朝目的地所在的丘陵地帶進軍。

花了整整兩天抵達目的地後，開始設立陣地。

我們拿下所有險要處，表現出我們做足了萬全準備的樣貌。

而現在——

我沐浴在燦爛灑落的陽光下，在凹凸不平的地形中，挑了個相對比較平坦的地方坐下，施展了望遠魔法。

顯現的魔法陣，轉眼間變成一面大鏡子。

下一瞬間，召喚到我眼前的鏡子，照出了敵方的部隊。

「嗯，數目大概八千左右？要擊潰戰力消耗極其嚴重的我軍，已經太足夠了。」

我觀察敵軍，掌握詳細情形。

「人種是以人類為中心？果然應該把這個部隊視為誘餌看待啊。」

但話說回來，訓練度應該很高。感覺得出一種如果有機可乘，他們就要比主力部隊搶先一步占領堡壘的氣勢。

「好了，他們還要一陣子才會抵達這裡。在這期間，我就偷聽將領的對話，排遣無聊吧。」

我聽起望遠魔法收聽到狀似指揮官的男子與部下之間的談話。

「話說回來，大隊長的戰術眼光果然反常啊。」

「哈哈，也沒這種事情。就只是對手的腦袋太差，還有運氣也差。就只是這樣。」

周圍的士兵們風貌粗獷得令人會誤以為是強盜，相對的指揮官則容貌十分清秀。

我仔細傾聽他與部下們的對話。

「不過真沒想到對方什麼計謀都沒用，就照我們的盤算行動了。」

「哈哈。不就是大隊長誘使他們這麼做的嗎？」

「話是這麼說沒錯啦。可是……竟然不叫出那幾個大英雄，這就有點出我意料。」

就如這個他們稱之為大隊長的男子所說，我和伊莉娜的爸媽並未參加這場戰事。看來他對此有所不滿。

「唉唉，我還以為難得可以立下大功呢。憑現在的我們，就算碰上那些大英雄，也拿得下他們的首級。」

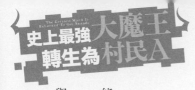

哦？這樣的想法就有點出我意料了。

對方也料到了我們的爸媽參戰的情形，這點我早已料到。

但他們確信會贏得勝利，這就太令我意外。

我還以為他們只想著要善盡作為誘餌的職責。

也就是消耗大英雄的精力，逼得他們陷入會在之後的堡壘奪還戰中喪命的狀態。

亦即終究把自己當成棄子。

然而這個大隊長，卻認為打得贏曾經埋葬復活「邪神」的英雄。

根據是在於──

「陛下賜給我們這些武具。只要有了這個，我們對上任何人都不會輸。」

他們身上穿戴的武具。

……原來如此。的確是強力的魔裝具。

彷彿看穿了我的手法，似乎擁有封堵轉移魔法的力量。

這樣一來，要將這些部隊強制轉移到其他地方，安排一場輕而易舉殲滅的戲碼，就不可能實現了。

另外，他們所穿戴的鎧甲不只是封堵轉移，似乎還具備了高度的魔法防禦力。劍、長槍與弓箭，也都滿是各種提昇威力的機制。

看在知悉古代武具的我眼裡，是沒什麼了不起，然而……很奇妙。

比起古代的武具，的確沒什麼大不了。但若和現代的水準比較，性能未免太反常。

那種東西到底是誰製作的？

大隊長說是陛下賜予的，怎麼說都不太可能是那個德瑞德．班．哈做出來的。他怎麼想都不是有著技術人員那一面的人。

……要說我想得到誰，首先就是維達了吧。

如果是她，應該輕易就能做出那種程度的魔裝具。

然而，以她親手做的作品而言，實在太沒有玩心。像是那些不知道在講究什麼的設計感，白痴一樣的隱藏功能等等。光是沒有這些，就讓我怎麼想都不覺得是她做的。

既然如此……多半就是「拉斯．奧．古」牽扯在其中吧。

萊薩、「魔族」，以及阿賽拉斯。這樣看來，這三者聯手的可能性就變得更濃厚了。

再加上……敵軍的策略完全在我意料之中的這點也是。

「既然大英雄不在……使這種費心的計謀也就沒有意義了啊。」

「不過也沒什麼不好吧？因為我們一定會比分遣隊那些人更快抵達堡壘。」

「沒錯沒錯，功勞全都是我們的。」

「……這功勞實在不太夠啊。」

「哈哈，真不愧是大隊長。看起來秀氣，卻很貪心啊。」

「公爵的首級與多個堡壘，以及第一個入侵國土。這樣竟然都還嫌不夠啊。」

「我也不是貪心。這次我不像平常，動了很多腦筋，但得到的東西就不得不說實在少了點啊。」

大隊長重重嘆了一口氣。

「控制密探、掌握對方的心理，再加上這作為最後一道工的分進合擊作戰。之所以要展開這種把智謀發揮到極限的戰事，一切都是為了擊敗大英雄。結果他們卻不參戰……實在讓人提不起勁啊。」

大隊長似乎已經確信自己會獲勝。

看他的表情，顯然認為無論發生什麼樣的事情，都打得贏。

然而——

「現實不會變成如此。這次的戰事中，無法從對方手下得到任何東西。」

接著——

「雖然無法讓你們和大英雄交戰……但相對的，就請你們盡情品嚐他們兒子的妙技吧。」

很快的，這一瞬間來臨了。

部隊接近我這邊。

確定敵人已經近在眼前後，我撤下望遠魔法，站了起來。

然後大剌剌走向多達幾千人的敵軍。

對方似乎也看見了我，走在前方的大隊長，以不帶緊張感的表情對我喊話：

「喂，那邊那個人，這裡馬上就要變成戰場，趕快去別的地方避難吧。」

能對平民慈悲，相信這名男子在阿賽拉斯當中，算是比較善良的人吧。

然而——

「不勞您費心。畢竟我是你們的敵人。」

「……敵人？你說你是敵人？」

大隊長一臉不明所以的表情，歪了歪頭。

「喔~看這樣子，我看大概是來談和之類的吧？」

聽到一名部下說的話，大隊長露出恍然的表情，然而……

「不對，不是的。我不會談和。因為在本次戰事中，會成為勝利者的是我方。勝利者沒有理由找戰敗者談和。」

「……哼~~你還真有自信。該說真不愧是以勇猛聞名的史賓瑟家嗎？」

大隊長以悠哉的表情說出這樣的話來。

「回去告訴你主人。告訴他說，過度的自信，只會讓自己身敗名裂。」

聽到這句話，我嘴角一揚。

「好的，我會轉告他。只是，這就得等戰事結束之後了。畢竟……傳話的對象不在這裡。」

「傳話的對象不在這裡？這話怎麼說？」

「就是字面上的意思。這裡只有我一個人在。」

「……啥？」

不只是大隊長，守在他周圍的部下們以及大群士兵，似乎都無法理解我說的話。

所以我——明明白白、淺顯易懂地，又說了一次。

「你們各位，就由我亞德．梅堤歐爾，單騎予以殲滅。」

我在微笑中說出這句話，隨即……

發動了牛刀小試的魔法。

剎那間——

眼前部隊的腳下發生盛大的爆炸，無數士兵被炸上了天。

大地爆裂。

換做是一般的軍隊，光這麼一下就解決了。然而……

「這鎧甲果然很強固啊。」

士兵們飛上天，重重摔在地上。然而，他們身上所受的傷害，卻只是輕微的擦傷與跌打損傷。

只是對精神面，似乎就造成了相當重大的傷害。

「這……這是怎樣！你做了什麼？」

大隊長似乎顯得特別動搖。

我一邊對他微笑，一邊開口說道：

「看來各位似乎很中意我的打招呼方式。那麼各位——儘管放馬過來吧。」

我悠然說出這幾句話，挑釁似的攤開雙手。

這種挑釁的舉動，讓大隊長大聲吼叫：

「單騎做得了什麼！所有人！開始攻擊！」

他一聲令下，士兵們展現出精實的行動。

他們一字排開，有人舉起劍，有人舉起長槍，有人舉起弓箭。

接著……

「齊射！」

解放他們手上的兵器，也就是魔裝具中所蘊含的力量。

他們的武裝，是設定成可以消耗魔力，發動必殺的魔法攻擊。

劍與長槍就是發出光波，弓箭則是射出強力的魔箭。

大批燦爛而必殺的魔法，朝我湧來。

我對這美麗的光景，只瞇起眼睛，並未產生一丁點恐懼之類的感情。

看在一般人眼裡，這是一波必殺的攻擊。

然而……

看在我（魔王）眼裡，這就只是一群漂亮的光聚合體。

接著轟個正著。

大量的能量捕捉到我，還在大地上開了大洞。

壓倒性的攻擊，在地上打出了寬大的坑洞。

四周籠罩在一片黑煙裡，大隊長在嘲笑聲中發了話：

「亞德·梅堤歐爾——記得大魔導士的兒子就叫這名字啊。看樣子他似乎也是自信過剩啊。感謝他成為我們的功勞——」

「不。會成為功勞的是你，大隊長先生。」

飛揚的塵土中，我這麼說完的瞬間。

大隊長倒抽一口氣。

「……不可能。現在是什麼情形？」

煙塵很快散去，目睹到我完好如初後，大隊長冒出大量的冷汗。

「要怎樣才能承受剛才的攻擊還沒事……？應該是有什麼機關……！」

聽到這錯得離譜的話，我不由得笑了。

「人面臨無法理解的事物時，聰名人總是會試著找出自己的一套解釋，殊不知就是這樣的聰明，反而讓自己遠離了真相。相對的……你的部下和部隊頭腦不好，但看來反而更快找到真相呢。」

每個人都對我產生了同一個念頭。

那就是畏懼。

幾千名士兵，對區區一名少年，露出懼怕到了極點的目光。

這群頭蓋骨裡裝的不是腦而是肌肉的人，能夠本能地察覺到彼此間的力量差距。

因此——

「大……大隊長！這……這個時候還是撤退吧！」

「打……打不贏啊！我們絕對打不贏那小子！」

大隊長對騷動起的部下們怒吼：

「別說傻話了！對方只有一個人啊！一個人能做什麼？不管戰術還是戰略都建構不起來吧！」

這說法很有智將的味道。

認為戰爭是一種由有著優秀頭腦的人，將士兵們當成手腳似的靈活運用，才能成立的賽局。他似乎是這麼相信。

這並不是什麼錯誤。

只是……

那終究是現代的常識。

我為了讓他知道「古代的常識」，在微笑中開了口。

「個人壓倒性的暴力，將會超越、破壞任何理論。本日就要請各位了解這一點，然後鄭重請各位打道回府。」

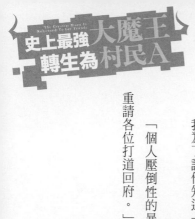

「……我對爬山已經很習慣了，但還是好累啊，這裡。」

「起伏有夠劇烈的耶。而且草也很多，一不小心就會絆——噗哈！」

◇◆◇

山上。

吉妮和她的友人伊莉娜、席爾菲，以及許多士兵們，一起在嚴苛的環境中行進。

吉妮看著茂密的綠草，心想——

（能和伊莉娜小姐與席爾菲小姐並肩作戰，感覺很可靠。）

（可是……為什麼偏偏……）

（為什麼亞德會把我分配到艾拉德大人的部隊呢……！）

沒錯，吉妮身邊不是只有兩名友人，還有著這世上她最不會應付的對象。

艾拉德。

以前徹底霸凌她，讓她形成卑微人格的元凶。

自從被亞德教訓過以來，他似乎有了相當大的轉變，然而……

即使如此，對吉妮而言，他仍是個象徵不愉快過去的人物。

這樣的對象就在身邊，讓吉妮無法開口。
虧她想一如往常那樣地和朋友相處。可是，就因為艾拉德在身邊，讓她心亂了，沒有心思談話。
（真的，為什麼……）
（亞德明明不可能看不出我的心意……！）
（為什麼，要做出這種像是故意找我麻煩的事……！）
將吉妮配屬在艾拉德所率部隊的人，就是亞德。
只是話說回來，即使他不多說什麼，吉妮多半也會分在艾拉德隊吧。
她的家族，代代都被史賓瑟家當成人肉盾牌。
在執行這種重要的任務時，她們必須當盾牌保護主人。
所以，她早有覺悟，會和艾拉德分配在同一隊。
然而，當這個結果是由她心愛的少年所造成，看待的方式自然大有不同。
吉妮完全無法理解亞德是出於什麼樣的考量，才會做出這樣的事情。
她以陰鬱的表情低著頭，爬上陡峭的斜坡。
而在吉妮的身旁，伊莉娜與席爾菲仍在繼續缺乏緊張感的對話。
「像這樣在山上行軍，就想起以前啊。那次就像這次，我們是躲在山上作為伏兵，結果露宿在野外的時候，蟲子跑進嘴裡……」

「哇……真不想去想像……」

接下來就要展開賭命的戰鬥，她們兩人卻完全沒有膽怯的跡象。

艾拉德渾身是汗，看著她們喃喃說道：

「這也是他的影響吧。一定是感覺都走樣了吧。」

接著朝吉妮瞥了一眼，又立刻撇開視線。

吉妮看到他這顯得有些尷尬的模樣，嘆了一口氣。

相信他也不想和她一起吧。吉妮心想，雙方只做好立場上該盡的職責，除此之外貫徹互不干涉的方針，多半對彼此來說都比較幸福。

就在她想到這個念頭的時候——

傳令兵來找艾拉德。

「傑拉德大人傳令，說現在是潛伏的時候。」

「……也對。正好這一帶樹叢多，很方便躲藏。麻煩告訴他我知道了。」

之後艾拉德下令自己所率的部隊全員停止行進，就地躲藏。

「哎呀，伊莉娜姊姊感覺很習慣躲藏耶。還拿泥巴抹臉、弄花草迷彩，專業感真不得了耶。」

「哼哼，我小時候就常在山上，和亞德玩捉迷藏。那是訓練的一環。我就是在那個時候學會這些的。」

伊莉娜完美地融入大自然，完全躲了起來。

即使知道她就在那裡，只要稍微拉開目光，就會分辨不出她躲在哪裡。她的躲藏就是這麼完美。

（……我也不能輸。）

吉妮也是從小就接受軍事訓練，隱蔽是她的拿手好戲。

「好，所有人都躲得很好啊。之後就只等敵軍來了。」

「接下來才難受啊。一個弄不好，好幾天都要這樣撐著。」

席爾菲似乎想起了過去，說得十分厭煩。

然而……也不知道是否該說是幸運，並未發生她所擔心的事態。

由史賓瑟家現任家主傑拉德為總帥的部隊躲藏起來後，過了將近兩小時左右時。

周遭開始傳來像是腳步聲的聲響。有人一邊割草，一邊慎重地踏著地面行走。這樣的聲響漸漸逼近……

接著，包括吉妮在內的所有士兵，都看到了敵軍的身影。

「啊啊，該死！又～～有螞蟥咬上來了！」

「這座山，螞蟥還真多啊。真是的，要咬只需要女人咬上來啦。」

「哈哈，沒錯。」

完全由強健的獸人構成的軍團。

數目大約兩千，比我方少了千人左右。然而獸人族體格非常強健，一千人左右的數量優勢，隨時可能被推翻。

吉妮對這種風險產生了畏懼。就在這個時候——

「……別擔心。我會連亞德的份一起保護妳。」

就在她聽見艾拉德這句話而睜圓了雙眼的瞬間——

「全軍！開始攻擊！」

一道令人懷疑是不是大得迴盪到整座山都聽得見的音量，撼動了耳膜。

總指揮官傑拉德一聲令下，士兵們迅速有了動作。

擅使武器的人，提起劍或長槍吶喊。

擅長魔法的人快速開始詠唱，進行攻擊準備。敵軍處於受到奇襲的形勢，起初固然在精神上動搖，差點兵敗如山倒，然而……

「沒什麼好怕的！有戰神站在我們這一邊！」

狀似指揮官的一名格外高大的獸人大喊。

同時敵軍似乎找回了戰意。

一場不是殺人就是被殺的血腥戰鬥開始了。

紅色的血沫，飛濺在盎然的綠意中。

腳下容易絆倒，視野也很差，地形讓人難以做出正常動作。然而……

即使處在這樣的狀況下，「動盪的勇者（席爾菲）」仍展現了過人的身手。

「一個！兩個！三個！來，這樣就是第四個！」

她以富有彈力，令人聯想到豹的動作，接二連三砍倒了敵兵。

「喂喂……！真的假的，她到底是什麼人啊……！」

艾拉德與周遭的士兵們完全不知道席爾菲的來歷，似乎對她的表現產生了敬畏。

他們冒著冷汗，看著她猙獰又流暢的身手瞠目結舌。

「哼哼，席爾菲真有一套！可是，我也不輸！」

或許是拜幼年期就和亞德一起訓練所賜，儘管不如席爾菲，但伊莉娜的動作也極為敏捷。處在一個不小心就會絆倒的嚴苛環境下，她展現出完美的體重移動，輕巧地躲過敵方的攻擊。

接著以無詠唱的魔法反擊，轉眼間就逐一打倒敵兵。

她一邊戰鬥，一邊對吉妮露出剽悍的笑容：

「妳就在那邊咬著手指看就好！全部都由我和席爾菲解決！」

聽到這挑釁的話，吉妮大為光火。

被自己的競爭對手這樣說，她自然不可能不吭聲。

「請不要因為妳對山上打鬥拿手了點！就得意忘形了！」

吉妮也開始展現身手。

或許是因為朋友的挑釁，讓她對生死相搏並未產生恐懼。

吉妮勇猛果敢地打倒獸人士兵。

然而……若說讓她揮開畏懼的，是朋友的話語。

那麼讓她陷入危機的原因，也同樣是朋友的話語。

要比伊莉娜表現得更好。

這樣的想法激發了焦躁，轉眼間奪去了吉妮的視野。

接著——

「唔喔啦！」

身旁傳來吼聲。

這充滿殺氣的吼聲，將為自己帶來什麼樣的未來？

隨著破風聲傳來，吉妮產生了劇烈的恐懼。

——會死。

就在她腦海中浮現這種確信的瞬間——

「想得美！」

全身一陣衝擊。

在她認知到是有人撞開了自己的同時。

吉妮看著眼前的光景，嘴唇顫抖。

「艾……艾拉德……大人……？」

撞開她而讓她免於受傷的，是艾拉德。他脖子以下都有堅固的鎧甲防護，然而……為了在山上讓視野開闊，他特意脫下了頭盔。

因此不幸的是，敵方的戰斧深深砍進了艾拉德的脖子，傷口噴出血花。

但即使如此，他仍毫不畏懼，對敵兵還以顏色。

「唔，喔！」

火屬性攻擊魔法「大熱焰術（Mega Flare）」的零距離發射。

巨大的熱焰球炸飛了敵方獸人，讓他無力再站起。

接著艾拉德按住脖子，單膝跪地。

「嘖……！沒戲唱……了嗎……！」

由於以強化身體能力的魔法提昇了強健度，艾拉德並未斃命。然而，他似乎確信那也只是時間的問題。

吉妮看著這樣的他——

「為……為什……麼？不……不對，別說這些了，趕快……治療。可……可是，要怎麼做……」

她完全陷入了恐慌。

要處理的資訊量太大了。

直逼而來的死亡已經成功迴避。光這樣就已經有著太多資訊量要消化，卻還加上了被關係尷尬的對象救了性命。

也難怪她會覺得莫名其妙、不知所措。

艾拉德似乎也想到了這點。

他儘管臉色慘白，露出將死之人特有的死相。

仍對吉妮這麼說：

「別在意。因為我只是照自己想做的去做。」

對自己的行動沒有任何後悔。他臉上的表情，讓人想到這樣的意思。

接著，他接受命運，眼瞼……

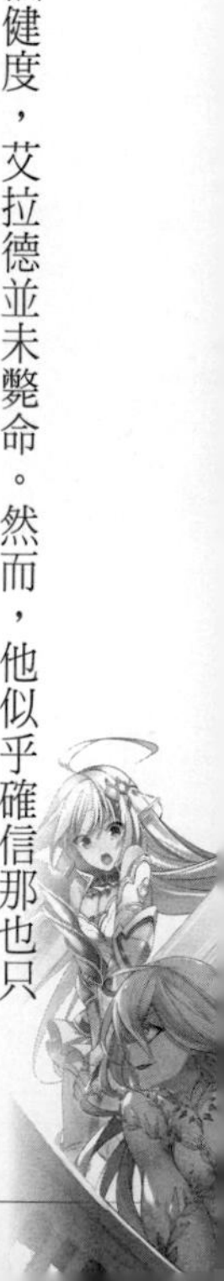

閉起的那一瞬間。

艾拉德的腳下顯現出魔法陣。

彷彿在強調施法者才不管什麼宿命云云。

深綠色的光芒籠罩住艾拉德全身……

脖子上極深的裂傷，也在轉眼間痊癒。

「這、這是……」

無論艾拉德還是吉妮，都瞪大了眼睛。

不，不是只有他們兩人。連周圍的士兵們都發出驚呼。

「我……我的腳？」

「被……被砍到的地方，恢復原狀了！」

朝四周看去，負傷者的腳下，接連顯現出魔法陣，將他們的傷勢逐一治好。

他們完全無法理解發生了什麼事。

不分敵我雙方，士兵們都是這種情形。然而……

「亞德果然好厲害啊。不管離得多遠，都照看著我們。」

伊莉娜與席爾菲，則早已理解這個現象是何人所為。

接著吉妮與艾拉德也……

「真的，豈有此理也該有個限度。」

艾拉德苦笑著搔搔後腦杓。

吉妮看著他這樣，到現在仍掩飾不住不解。

無論如何——

國境這一戰，由拉維爾取勝。

這一戰，成了事後人們傳頌的大英雄初陣。

在這個時代，亞德·梅堤歐爾是以大魔導士之子的身分為人們所知。

這場勝仗，就成了他名留歷史的開端。

◇◆◇

結束山上的奇襲戰。

以傑拉德為總指揮的部隊，已經踏上往堡壘的歸路。

在亞德·梅堤歐爾的活躍下，死傷者為零。

面對這樣的狀況，傑拉德露出不愉快的表情。

離他很遠的地方。

吉妮低著頭，走個不停。

艾拉德並肩走在她身旁。

……忽然她開了口。

「請問你為什麼……保護了我？」

「咦！」

多半是沒料到吉妮會主動找自己說話吧。

艾拉德睜圓了眼睛。

接著他遲疑了一會兒後。

「……是贖罪……的一環啦。」

他的臉上充滿了苦澀的神情。

也有著想逃開厭惡之事物的意思。

然而，艾拉德似乎戰勝了這種懦弱。

他看著吉妮的臉，慢慢地、懺悔似的一字一句說出口：

「我一直很怕我老爸。再加上，身為下一屆當家的壓力，也帶給我很強的壓力……所以，我過去把妳當成宣洩這些壓力的工具。」

艾拉德一邊用力搔著頭，一邊繼續說：

「我真的……做了非常對不起妳的事情……不，我知道不是說一句對不起就能了事。畢竟我在別人心裡留下了創傷。不管怎麼道歉，這點都不會改變。可是……就算是這樣，還是讓我對妳講一句道歉的話。」

艾拉德停下了腳步。吉妮也跟著停步。

艾拉德在她面前，深深一鞠躬。

「就因為我的懦弱，毀了妳的人生。我由衷地……向妳致歉。」

對吉妮而言，這是令她難以置信的光景。

那個艾拉德。

那個可怕的霸凌者。

對自己低頭、道歉。

……這不是能夠立刻接受的道歉。

然而，至少意圖已經傳達到了。

艾拉德謝罪的意念。

以及……亞德的盤算。

他多半是期盼她能和艾拉德和解吧。

所以，才會把她和艾拉德分在同一個部隊

……坦白說，她認為這條路會很艱險。

然而——

不可思議的是，她並未感受到負面的感情。

也許是從認識亞德以來，艾拉德這個人在她心中已經變得十分渺小。又或者是她自己內心深處，也想和這段叫做艾拉德的過去做個了結。

（亞德。）

（如果這是你的期望。）

現在，她還只有是因為心上人如此期盼，才願意和艾拉德拉近距離的想法。

然而，也許有朝一日，她會憑自己的意思，去面對艾拉德。

吉妮懷抱了這樣的預感。

◇◆◇

「嗯，眼下算是達到及格分數了吧。」

以望遠魔法召喚出來的大鏡。

我看著浮在面前的鏡子所照出的，吉妮與艾拉德的情景，獨自點了點頭。

「看樣子還剩下很多課題要解決，不過，能夠踏出了一步。這次就接受這個結果吧。」

我喃喃說完，環顧四周。

「好了，我也回堡壘去吧。」

我這邊的戰鬥，在吉妮他們那邊開打前好一段時間，就已經解決了。

在我的魔法行使下，丘陵地帶如今已成了平坦的平原。

戰爭會改變地形，這在古代世界是常識，然而……

對現代人來說，也許違背常理。

我也不是喜歡改變地形。

要不奪走對方的性命，只破壞鎧甲，消除魔法效果。在這樣的過程中，無可避免地就是會弄成這樣。

不過不管怎麼說……

鎧甲被剝去之後，敵方的防止轉移魔法效果也就消失。

我讓他們充分感受到古代流的戰爭樣貌後。

把他們傳送到了別的國家。

相信這群身上一絲不掛的軍團，現在已經被巡邏隊全數逮捕了吧。

「呼。這樣就大功告成……應該沒這麼簡單吧。」

還剩下謎團未解。

相信這次這件事，也只是對方的一步棋。

接下來才是重頭戲。

與對方的真正戰鬥，才正要開始。

「……儘管努力吧。現在的我，可是前所未有的強。」

轉生到這個時代以來十幾年。

我一直放不下前世的價值觀。

也就是……認為強者是孤獨的。認為只要自己展現實力，就會陷入孤獨。

因此，我一直不認為施展力量是好的。

即使處在緊急事態，仍會下意識地保留實力。

然而，現在不一樣。

只要有需要，要我揭露自己身為「魔王」的事實也無所謂。

伊莉娜、吉妮、席爾菲、奧莉維亞、雙親與學校的大家，以及，艾拉德。

我要和他們共同迎來充滿希望與幸福的明天。只要是為了保護這個，要我做什麼都行。

我懷抱著這樣的覺悟，仰望藍天。

今天是個令人神清氣爽的晴天。

我祈禱著這是暗示我們會有光明的未來。

沉吟了起來——

閒話　崩壞的序曲

亞德・梅堤歐爾大顯身手的同時。

「他」的計畫正一步步進行。

拉維爾魔導帝國有著多個祕境。

大多數都已經為萬人所知，被當成一種觀光名勝。

但其中也有些地方名符其實，是沒有人知曉的祕密所在。

伊修瓦爾達這塊不可思議的土地上，每天都不斷發生異常氣象。

這塊土地正中央，有個只能透過特殊手段進入的世外村落。

不，那已經不像是村落，也許該稱之為迷宮吧。

住在裡頭的人毫無例外全是異形，且都有著非比尋常的戰力。

他們拒絕這世上的所有存在。若有人想闖入，就會傾全力擊殺。

——而他就是從這樣的地方生還了。

沙漠地帶發出雷鳴巨響的這種異常環境下，虛空扭曲，下一瞬間，開出一個洞。

踩著悠哉的步履從洞裡走出來的這個人，模樣彷彿……

悽慘得像是剛受到駭人的拷問。

每走一步，填滿大地的沙粒就有一部分染成深紅色。

他的肉體受到了很深的傷害。

包覆修長身型的燕尾服，已經破破爛爛，像是破布的聚合體。

遮住臉孔的面具，也有部分竄出裂痕。

然而——

即使如此，這個人仍然在笑。

笑得開心。笑得像是覺得滑稽。

這個人忍受著換做是常人甚至有可能發瘋的痛楚，鼓動喉嚨：

「哼。哼哼……！哼哼哼哼……！該說不愧是吾的『前』主人嗎……！那個人被『魔王』親手消滅已有數千年……！沒想到竟然會真有這麼一天，能夠再度體驗到那種惡劣之處……！」

形成世外村落的，是如今人稱「邪神」當中的一尊。

是這群在古代被稱為「外界神（Outer One）」的超越者之中，站在最頂點的一個。

同時也是……

「勇者」莉迪亞之父，是伊莉娜的祖先，更是亞德還是瓦爾瓦德斯時一輩子憎恨的仇敵。

面具怪客為了取走這一尊「邪神」所留下的事物，受了極重的傷勢，然而……即使身受這種不用說現代人，連古代出生的人都難逃一死的重傷，面具怪客斃命的瞬間卻始終不來臨。

這個人身上的傷勢，反而像是時光倒流，逐漸痊癒。

「啊啊，吾的前主人啊。果然不是你。就連你，都沒能壓過吾的不死性，沒能讓此身死滅。果然，非那個男人不可。若非吾心愛的『魔王』，實在無法消滅吾。」

面具怪客一邊哼笑著，一邊仰望響著轟隆雷鳴的天空。

接著，面具怪客將取回的物體，高高舉向頭上。

那是個剩下一半的立方體。

如果只從外觀判斷，就只是個派不上任何用場的廢物。

然而……這個髒汙的灰色破損品當中，卻蘊含著可怕的力量。

「好了，再來就看吾搭檔的工作成果了。」

這個人一邊將剩下一半的立方體舉向天空，一邊單腳站立，不停轉著圈子。

忽然間，一名少女顯現在這樣的面具怪客身旁。

她年紀很輕，容貌秀麗，但並非有著絕世的美貌。

她的名字是……

「妳達成目的了吧，『卡爾米亞』。」

沒錯，是自稱是「女王之影」成員，與亞德和伊莉娜接觸過的少女卡爾米亞。

她的真面目，是面具怪客的搭檔，也是他最信任的部下。

「……我成功拿到了，『阿爾』。」

卡爾米亞以不帶任何感情的臉孔，用平板的聲調說著，並遞出了一個物體。

是破成兩半的立方體其中一半。

面具怪客接過這個物體，和自己拿到的部分接合在一起。

「來，會怎麼樣呢？」

他的聲調就像幼兒面對未知的事物，十分昂揚。

接著——

由面具怪客親手拼合為一的兩半立方體，發出白光。

漸漸恢復了本來的模樣。

略有髒汙的灰色表面，就像被磨掉的鐵鏽一樣剝落。

現出的是個純白的盒子。

表層竄過多條黃金色的線條而閃爍的模樣，既美麗，又讓人毛骨悚然。

「哼哼哼……！回到童心說的就是這種情形嗎……！」

「你很開心呢，阿爾。」

「是啊，當然開心！」

「你很高興啊，阿爾。」

「是啊，當然高興！」

面具怪客拿著白色盒子，旋轉著跳舞。

接著以唱歌似的方式說話：

「三千七百零四年兩個月又三天。吾就是等了這麼長的時間。這下終於可以『繼續』了。啊啊，這是多麼愉快，多麼令人欣喜啊！」

他陶醉的聲調中，有著確切的瘋狂。

又有一個對他說話的人顯現出來。

「……這就是你說的神具『奇異魔方（Strange Cube）』嗎？」

用轉移魔法來到這裡的，是前「四天王」，現在的教宗。

也就是萊薩．貝爾菲尼克斯。

他盯著面具怪客手中的這個物體，再度開口：

「要引開『魔王』的目光，是非比尋常的重任。但辛苦並未白費，算來第一階段可以算是完成了啊。」

「正是正是。他在今世化身為亞德・梅堤歐爾，得到了許多朋友。相信這對他來說，是無上的幸福吧。但正是這幸福感蒙蔽了他。換做是以前那個還是孤獨怪物時的他，多半已經以神一般的感性，察覺到我們的企圖。」

現在的亞德・梅堤歐爾，就只想著要保護朋友。

所以，他的注意力被定在了史賓瑟家與薩爾凡家統治的領土。

就如面具怪客與萊薩所料。

「策動阿賽拉斯，出兵侵略其人朋友的土地。如此一來，其人的視線必將盯住該地，回收的工作也就不會失敗……提議這個方法的是吾人，但萬萬沒想到會如此輕易地成功。」

那個國家的宣戰，全是為了這一刻。

為了將亞德・梅堤歐爾的意識困在國境上，趁機收回盒子。

「……那麼，今後要怎麼做？」

「『她』……不對，現在是『他』嗎？這樣太容易混淆，就稱那傢伙吧。總之，那傢伙還挺有幹勁。在吾看來，多半會是一場有趣的戲，所以打算提供協助。」

看到萊薩的表情略有不滿，面具怪客低聲哼笑，繼續說道：

「當然，這也是計畫的一環。起初不就說明過了嗎？說這『奇異魔方』只是拿到手，沒有任何意義。」

面具怪客將手上的盒子拿給他看，說到：

「若非合適的人選，就無法操縱這個東西。因此，非得獲得資格不可。沒錯——」

「伊莉娜……是吧。」

聽到萊薩說出的名字，面具怪客微微點頭，露出笑意。

「哼哼。我們『魔王』終究不會發現。他不會發現存在於這世界上的無數故事之中的一個，主角不是他自己……永遠都是那個少女。」

面具怪客仰望烏雲密布的天空，攤開雙手。

萊薩正視這樣的他，開了口：

「利用那傢伙，讓那丫頭『覺醒』。就是這麼回事吧？」

「正是。她已經是即將羽化的蛹。只要再推一把，肯定會展現出美妙的身姿。那一刻就是——」

「夙願成就的瞬間，是嗎？」

老將那刻有無數皺紋的臉上，出現了熱意。

「……詳細情形就留待之後再問。吾人有急事非辦不可。」

「嗯，好好努力吧，教皇冕下。」

像是取笑的說話聲音，從面具怪客口中說出後，萊薩腳下顯現出魔法陣。

接著在即將轉移之際——

他正視著面具怪客，發出令人全身由內冰冷到外的說話聲：

「不許背叛。足下最好銘記在心。」

萊薩先說出這句語帶威脅的話，身影才消失無蹤。

「哼哼，吾竟然這麼沒有信用，總覺得想著都傷心起來了。」

「……可是，到頭來你還是要背叛吧？」

看見卡爾米亞歪頭，面具怪客聳了聳肩膀：

「還不知道。某些狀況下，多半會共謀到最後吧。可是，另一些狀況下……互相敵對的人攜手合作來消滅吾，這樣的情形也有可能發生吧。而我確實有著期盼情形如此發展的念頭，也是事實。」

「你果然滿心想背叛呢。」

卡爾米亞以有些冷漠的眼神看過來。面具怪客先摸了摸她的頭，然後牽起她小小的手，開始跳舞。

他踩著輕快的舞步，熱情地扭動身區。

面具怪客遙想著他心愛的宿敵。

「吾會讓汝品嚐到一段激進的序曲。做好覺悟吧，吾的『魔王』啊。」

第七十九話　前「魔王」出擊

結束國境邊緣的一戰後，我和伊莉娜暫時回到了村子裡。

之後過了幾天。

我們再度享受起暑假，奧莉維亞卻出現在我們面前。

她在我家的玄關，露出一如往常的撲克臉，開口說道：

「首先……艾拉德在暑期補習講座露臉了。」

「哦哦？真沒想到，非常可喜啊。」

所謂暑期輔導講座，是為了因故休學的學生準備的機制。只要參加講座受講，就能補充休學中沒能拿到的學分。

艾拉德多半就是選擇了和我們一起晉級吧。

這是個好消息，令我期待起新學期開始後的校園生活。

但奧莉維亞帶來的，並非全都是這種正面的話題……

「關於日前的戰事，女王召你晉見。」

「這可沒想到。又是像之前那樣，要頒發勳章之類的給我嗎？」

「不是。本來你的功績應該得到舉國讚頌，但狀況還很緊迫。緊迫得沒有空稱讚你，知道吧。」

奧莉維亞聳著肩膀，繼續說道：

「以我和女王為中心，還邀請其他有權勢的貴族，召開會議。你也要同席。」

「遵命……可以允許讓伊莉娜小姐也同席嗎？」

要把她一個人留在村子裡，我也於心不忍。

對於我出於這種考量的發言，奧莉維亞默默點了點頭。

接著我們搭上奧莉維亞準備好的馬車，前往王都。

抵達後，一路毫不逗留，直接前往王城。

我和奧莉維亞與伊莉娜，並肩走在寬廣的城堡內。

最後，我們踏入了會議室。

「喔喔！你來啦，亞德！你這次的活躍，真的好驚人啊！」

才剛走入會議室，已經坐在圓桌上座的女王陛下羅莎，就送來讚美的話語。

宰相瓦爾多爾坐在她身旁，只瞪著我，什麼話都不說。

本來在這樣的時機，他都會講些諷刺或抱怨的話……

不知道是不是在美加特留姆事變後，讓他對我的印象有了些許改變。

結果瓦爾多爾把視線從我身上移開，望向坐在對面的兩人。

也就是傑拉德公爵及其子艾拉德。

「只是話說回來，該說史賓瑟家果然有一套嗎？換做是其他貴族，多半已經狼狽地吃了敗仗吧。而各位漂亮地將戰事帶往勝利，這份功績值得讚賞。」

他始終對其他貴族強調，這次的貢獻乃是靠著公爵家的力量達成。如果用單純的眼光看待，這種行為充滿了惡意，是想把我的功勞歸零，然而……實際上並非如此。

這應該是瓦爾多爾為我著想。

平民打下不符身分的大功勞，想出風頭，就會被其他貴族看不順眼。

因為他們是一種無法不棒打出頭釘的生物。

這樣一來，被捲入無端糾紛的情形多半也會增加。

瓦爾多爾多半就是為我著想，避免這種情形發生。

正因為理解這一點，伊莉娜、艾拉德，以及……

與母親夏容同席的吉妮，都什麼話也不說。

我、伊莉娜和奧莉維亞，在這樣的狀況下就座。

為了決定今後方針的重要會議開始了。

首先由女王羅莎起頭：

「本次的一戰歷經了什麼樣的轉折，相信敵方也有所掌握。然而……即使戰敗，阿賽拉斯仍不談和或撤回宣戰。敵方始終打算繼續這場戰爭。」

羅莎用纖細的手指戳著圓桌，目光在我們每個人臉上掃過。

「所以我想聽各位的意見。今後，我們該如何行動？我想藉這次會議，決定這件事。」

既然如此，那這次會議的內容就極為重大，甚至事關國家存亡。

不能貿然發言。在這樣的氣氛下，一名年約半百的貴族舉手了。

記得他是一個歷史悠久的侯爵家族當家。

他瞇起顯得伶俐的雙眼，說出自己的意見。

「我認為這時只守不攻較為明智。」

「哦？你為何這麼想？」

「是。想來本次的戰事，不會是阿賽拉斯的失控。即使是那個蠻王，也不會犯下如此愚蠢的錯誤。」

羅莎對這個想法點頭回應，然而……

相反的，瓦爾多爾則把玩著鬍鬚，面有難色地這麼說：

「……對此我略感懷疑。」

「嗯？宰相大人是認為，也可能是阿賽拉斯的失控？」

「嗯。若是從前，我多半會認為事情就如您所說。然而，在先前的五大國會議上看過他的舉止後，如今……我的意見有了小小的改變。」

瓦爾多爾皺起眉頭，喃喃說出這樣的話來：

「他最近瘋狂的程度實在是顯得愈演愈烈。因此就算他失控而做出不理智的舉動，也不奇怪。」

……嗯，這情報相當耐人尋味啊。

我在會議上，也見過那個德瑞德・班・哈，只覺得他是個瘋狂的狂王。

但如果他的瘋狂不是生性如此，而是後天增長的呢？

……也許還是當作德瑞德身後有著未知的幕後黑手比較好。

我正想著這樣的念頭，侯爵就清了清嗓子。

「即使是阿賽拉斯失控的舉動，我的意見仍然不變。徹底地只守不攻，就是最好的方法。」

接著他陳述了理由：

「無論這次的戰事，是以美加特留姆為中心的反拉維爾派所主導，抑或不是，我們積極進攻都是很差的一步棋。根據我自行調查的結果，得知阿賽拉斯擅長打仗的程度非同小可。

如果再加上地利，那更是不得不說非常驚人。」

「即使主動進攻，也只會增加我方的損害。就是這麼回事吧？」

「正是，陛下。儘管只守不攻，會讓以傑拉德公爵為首的守護國境各家族加重負擔，但這個時候也只能請各位繼續奮戰。而且……我國還有傳說的使徒大人站在我們這一邊。」

侯爵對奧莉維亞送出蘊含期待的視線。

……我心想，幸好沒有信奉她的宗教黑狼教信徒在場。

看在他們眼裡，多半會認為竟然要把無異於現人神的奧莉維亞叫去應付國防，出言不遜也該有個限度。

然而，在座是以無宗教信仰或維達派的信徒為中心。

因此，每個人都對奧莉維亞投以期待的眼神。

在這樣的矚目下，她雙手抱胸，嘆了一口氣：

「如今我的立場也已經和國家元首無異，因此我把回應各位的期待，也視為自己的職務……然而，我暫時無法協助。因為我有些事情要辦。」

聽到她這麼說，眾人歪了歪頭。

我也一樣。究竟是什麼事情需如此優先，得暫時拋下現狀不管？

為了得到答案，我試著問了：

「敢問您說有事，是什麼樣的事呢？總不會是跟薯類有關吧？」

「那當然。就算我再怎麼喜歡薯類，這種狀況下又怎麼可能以薯類為…………優先……呢？」

喂，剛剛那停頓是怎樣。

還有妳身上這冷汗是怎麼回事。

「……難道真的是薯類？在這個時間點上？在這個時間點上要優先顧薯類？」

「就說不是了。是維達找我去。要我幫忙製作魔動裝置。」

維達找她去？

……這實在太出人意料了。

在這種狀況下，奧莉維亞竟然會以維達的要求為優先？

「你在想什麼我知道，畢竟連我都對自己的判斷覺得意外。畢竟照理說，想也知道還是別理會她的要求比較好。」

「那麼，為什麼？」

「我身為武人的直覺呼喊著危機。因此，我打算去幫維達。」

……嗯。既然這樣，那就沒辦法。

她的直覺極為敏銳，尤其不好的預感大致上都會中。

既然這樣的她說有了不好的預感，那就只能尊重她的意思。

其他貴族似乎也不敢對傳說的使徒擺出強硬的態度……

「也好。我們身為守護國境的一族，就來做出名留歷史的貢獻吧。」

傑拉德莊嚴肅穆地說了。

一發言，場上的氣氛迅速傾向「定案」兩字。

……只守不攻這步棋的確還不差。

拉維爾和阿賽拉斯的國力算是五五波，又或者前者居高。

軍力應該視為五五波，但戰事往往是進攻方不利。

如果以在己國內戰鬥為前提，那麼軍力上就會是拉維爾稍占優勢。

這樣的條件下，戰事拖得愈久，進攻方——也就是阿賽拉斯，愈會虛耗國力。

到時候，對方也將不可能再繼續進行戰事。

只要貫徹防守，遲早會結束。眾人都是這麼看待這場戰事。

而這個看法並沒有錯。只是——

「我反對。」

我微微舉起手這麼發言，引來眾人的矚目。

伊莉娜、羅莎、吉妮、艾拉德這幾個朋友投來善意的視線，然而……

除此之外的視線，則多半險惡。

「平民不要插嘴」——他們的表情這麼說。

然而，這時我特意要插嘴。

「等對方虛耗國力，這的確也是一種方法吧。可是，這樣一來，就會太花時間。而太花時間……也就必然代表著戰爭的犧牲者會增加。這實在太讓人於心不忍。」

對於我的發言，幾乎所有貴族都表達了負面的反應。

「嘖……還以為你有什麼高論，結果只是孩子氣的天真論調嗎……」

也有人說出這樣的話，但我並不是在暴露自己的天真。

我只是在說，只守不攻這種手段是在浪費時間。

「只要我拿出真本事，這次的案件十天之內就會結束。要我對神祖發誓也行。就讓我在短期間內，結束這場戰事吧。」

貴族們嘲笑我的發言。

「哈！你說要在十天內結束？」

「真不愧是大英雄的兒子啊。說得出我們這種凡夫俗子想都想不到的話。」

「是要怎麼做才能在十天內結束戰事？難道你要說直搗黃龍，跟對方做個了結？」

我對最後說出這番話的男性貴族露出微笑。

然後輕聲拍著手，開口說：

「答得漂亮。」

聽到我這麼說，眾人睜圓了眼。

但伊莉娜等知道我實力的人，全都露出認同的表情。

相對的，其他貴族則只眯起眼睛瞪我。

他們的視線中，蘊含了一種意思。

『在這樣的場合開玩笑，成何體統。』

我的視線在他們臉上掃過一圈。

「由我亞德．梅堤歐爾親自趕赴阿賽拉斯，結束這場戰事。」

為免眾人多言，我明白地斷定：

「這不是願望，也不是夢想。而是沒有人可以推翻的決議。」

第八十話　前「魔王」在敵國大顯身手。接著——

對於只間接從別人口中聽過我實力的人們而言，這發言實在太狂妄。

但在我看來，只是說出能夠實現的內容。

為了證明這一點，我在會議後立刻展開了行動。

「你當然也會帶我們去吧？」

「就算你說不行，我們也不會聽的！」

這次的經驗，應該會成為優質的人生養分吧。

我想到這裡，於是決定帶伊莉娜與吉妮闖入敵國。

當然我也並未忘記席爾菲。她是我有個什麼萬一時的保險。

儘管平常是個笨得無可救藥的大傻瓜，但她的戰鬥能力值得掛保證。我們和再度進行武者修行之旅的她會合，一路前往阿賽拉斯聯邦的邊境。

然後經由史賓瑟的堡壘，進入阿賽拉斯與拉維爾的夾縫間時，那一瞬間。

我在陽光灑落的平原中，喃喃說道：

「看來敵國全國領土，都展開了反魔法術式呢。」

「咦？這……這麼說來，我們會像在美加特留姆時一樣，不能施展魔法？」

「不，效力並沒有那個時候那麼強，似乎是一些只封住飛行魔法與轉移魔法的術式。」

想來多半是萊薩的把戲吧。對全國領土展開反魔法術式這種事情，在這個時代只有他做得到。

但話說回來，萊薩似乎也抵擋不了歲月的摧殘。

換做是在古代，他應該有辦法對超大範圍展開封住所有魔法的術式。

但現在大概頂多只能封印特定的魔法了吧。

「也就是說，得花相當多時間，才能去到敵方大本營所在的王都了，是吧。」

「問題是對方的目的啊。他們做出這種爭取時間的把戲，到底在打什麼主意。」

席爾菲以若有所思的表情喃喃說著。

她說得沒錯，這反魔法術式的目的在於爭取時間。

然而，對方爭取時間的目的何在，則尚未揭曉。

「不管怎麼說，還是前進吧。我們沒有其他選擇。」

眾人相視點頭，然後繼續往前走。

當然了，我嘗試在路途中解析與支配這些反魔法術式。然而……

想來在抵達阿賽拉斯的首都前，不可能解析完畢。

反魔法術式要封住的魔法種類愈多，解析起來就愈簡單。

然而，這次的術式只封住轉移與飛行這兩種魔法。而且施法者是萊薩。雖然不是不可能解析，但得花上相當多的時間與勞力。

具體來說，大約要花上十天。

相較之下，抵達阿賽拉斯首都所需的時間，估計約在九天左右。

因此解析作業是白忙一場的可能性很高。

然而……我打算將作業進行到最後。

也許讓我認為會做白工而放棄，就是敵方的目的。

封住轉移與飛行是有意義的。我判斷與其維持施展不了這些魔法的狀態行進，不如設法改成可以用，於是一邊步行，一邊進行解析作業。

而走了整整一天的結果。

當天空徹底染上夜色，我們抵達了敵方的堡壘。

以此地為中心，國境邊緣建造了無數堡壘。我們穿過這樣的防線，才總算真正踏上了阿賽拉斯的土地。

但敵方當然不會容許我們這麼做。

蓋在平原上的巨大堡壘。

就在這堪稱小型城郭都市入口所在的巨大門前。

多半是為了警戒而部署的多名敵兵，在夜色中看見了我們的身影。

「啊啊？你們這些小鬼是怎樣？」

「這裡不是小孩子來的地方——不對，等一下。」

「這裡是東門，沒錯吧？」

「如果是國民過來，會從另一頭的西門……」

「從東門的方位過來，也就表示……」

看來對方似乎猜到了我們的來歷。

他們不約而同，臉色有了緊張的神色。

接著進入戰鬥態勢，然而……

既然是面對我的力量。

面對戰鬥的氣概與覺悟，以及所有的準備。

全都是白費力氣。

「各位平時值勤想必十分辛苦。我就送給各位一段長假吧。」

我這麼說完的同時，發動了攻擊魔法。

低階火屬性魔法「熱焰術（Flare）」多發同時發動，將衛兵悉數排除。
我癱瘓他們的戰鬥能力後，立刻施展強化身體機能的魔法，踹破了巨大的門。
豪邁的粉碎巨響響起，製造了出入口後，我伴隨眾人踏入了堡壘。
「這……這些傢伙是怎樣……？」
「想也知道是敵人吧！」
「而且那個黑髮小子，該不會是……」
「是……是亞德·梅堤歐爾！跟人像畫上的一模一樣！」
「亞德·梅堤歐爾！那不是拉維爾的死神嗎！」
呃，拉維爾的死神？原來在這邊是這樣叫我啊？
也沒說錯就是了。
因為事實上，我對他們而言就是死神。
「如果不想受傷，就退下吧。反抗我們也是白費力氣。」
相信各位士兵也明白這一點。
但又不能不克盡職責。
他們懊惱歸懊惱，似乎還是選擇了善盡保護國家的使命。
「對……對方是個小鬼！人數也少！」

「只要包圍起來，我們就贏了！」
「只要拿下死神的首級，一定會出人頭地！」
男人們鼓舞自己，撲了過來。
我們迎擊這樣的他們。
說來……
殲滅敵人的工作，在我最初的行動就已經完畢了。
伊莉娜等人完全沒有機會出場。
我同時發動相當於敵人人數的「熱焰術」。
只是這麼一下，狀況就順利解決了。
「他……他是怪物嗎……？」
倒地的一名士兵，吐露畏懼的心情，隨時會失去意識。
看在他們眼裡，怎麼看都只覺得我是個可怕的怪物吧。
然而，看在朋友眼裡，則有不同的樣貌。
「不愧是我的亞德！瞬殺完美得像是一幅畫！」
「是啊，就是這樣！我、的、亞、德！果然無敵！」
「唔～～！一個人解決完也太賊了！我也想打一架啊！」

她們全都不怕我。

……果然，只要是有了友情的對象，就不會拒絕我。

我再次體認到在美加特留姆學到的這件事。

因此——

我對於發揮自己的怪物性，已經不再忌諱。

穿過鎮守國境的堡壘，真正踏入阿賽拉斯領土之後過了幾天。

我將通往王都的路途中所存在的多個關卡，毫不客氣地擊破。

接著——

「哼哈哈哈哈哈！你就是亞德·梅堤歐爾嗎！我名叫修瑞克！是獸人族最強的戰——士啊啊啊啊啊啊啊啊啊啊！」

我用風魔法，將這名自稱最強戰士轟向天空的遠方。

這一來，最後一處關卡也擊破了。

「之後就只剩直線前進。如此一來，就會抵達目的地所在的首都了吧。」

我和眾人穿過最後的關卡，走在平原上。

天一黑，我們也不趕路，就結束當天的移動。

接下來，我就像這幾天來那樣，在平原的正中央設置了宿舍。

沒錯，不是帳棚。

我運用物質變換的魔法，創造出了款式簡單但功能完備的住宅。

個人的房間是不用說，連洗手間、浴室、廚房等設備都一應俱全。

當然了，這樣的旅途風光是違反常識的。

現代的認知是，長途旅行＝忍耐渾身是汗與油的不潔狀態行進。

在大多數局面下，我都會根據現代的常識行動。因為我不想無謂地掀起風波。

然而現在，我不想讓朋友不舒服，而且也沒有人會大驚小怪，所以在這次旅途中，我做的盡是一些違反常識到了極點的事。

「今晚的主菜是薑蒸雞，請和特製香草醬一起享用。」

「呼喔喔喔喔喔喔喔喔喔喔喔喔喔喔！好吃！好好吃喔！」

「昨天伊莉娜小姐為大家做的火鍋也很棒，但是……還是沒有任何菜色贏得過亞德親手做的菜呢。」

「雞肉的肉汁和香草醬的完美協奏……！讓人再也說不出好吃以外的話……！」

看來今天也得以讓各位吃得滿意，真是再好不過。

結束晚餐，休息了一會兒後，眾人各自入浴，洗去汗水與汙垢。

接著為了消除疲勞而就寢。

然而只有我不睡，平行處理以偵測魔法警戒四周，以及解析反魔法術式的作業。換做是常人，只要幾天不睡，就會無法正常行動，但我即使幾十年不睡，也能完美運作。

「……今天也平靜得讓人不舒服啊。」

我坐在自己房間的床上，一邊用偵測掌握周遭的狀況，一邊喃喃自語。

從踏上旅途已經過了將近一週，但敵方一次都不曾發動夜襲。

是因為判斷實施了也是白費力氣，還是另有圖謀……？

是否連這平靜的時光當中，都隱藏了敵方的企圖呢？

「實在是令人不舒服啊。這次的事情裡，尚未解開的謎題太多了。」

萊薩策動阿賽拉斯，開啟戰端的目的。

以「魔族」為中心的組織「拉斯・奧・古」的盤算。

以及尚未露面的幕後黑手。

我認為就在抵達阿賽拉斯王都的同時，一切都將揭曉。

然而……那樣就太遲了。如果不是先掌握對方的思路，擬定好對策，就會一直被對方搶占先機，陷入困境。

因此我隨時都在思考，推測敵人的企圖，然而……

「搞不懂。如果這件事是只由『拉斯・奧・古』所策動，要推測就輕而易舉，然而……

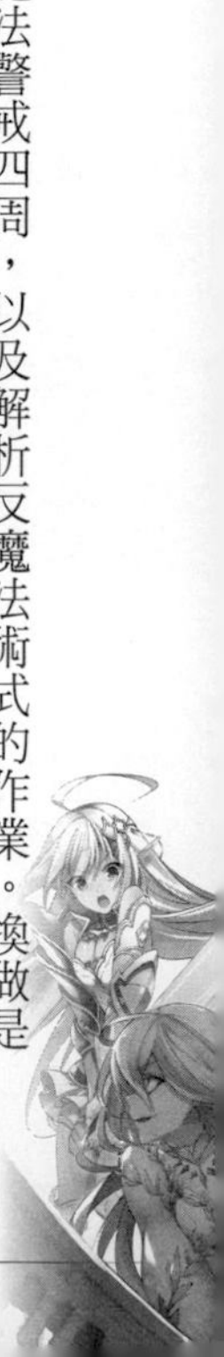

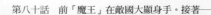

為什麼連萊薩也湊在一起，發動戰爭？」

萊薩．貝爾菲尼克斯的行動原理，始終都是「創造讓孩子們能笑著生活的世界」。

為了這個目的，要做出多狠辣的事情他都在所不辭。

萊薩有著這樣冷酷的一面，然而……

相對的，如果有可能讓兒童陷入危機，他就絕對不會執行那樣的計謀。隨時以兒童為最優先。萊薩就是這樣一個人。

正因如此，我才會對他發動戰爭的舉動覺得無法理解。

「不分國家的大小，發生戰爭時，最先倒楣的就是婦孺。萊薩不會不知道這點。因此，他不可能貿然開啟戰端。」

然而，現實卻非如此。

他與「魔族」們聯手，和尚未露面的幕後黑手一起策動阿賽拉斯，對拉維爾發動戰爭。

「我很想在抵達王都前，先得出某些答案……但這次非得走一步算一步不可了啊。」

我多半無法靠自己抓住真相吧。

既然如此，也就只能貫徹「持續對應眼前狀況」這種單純過頭的行動。

理想是隨時洞燭機先，先發制人，然而……

如果辦不到，就必須接受辦不到的事實，根據其他想法來行動。

「總之，只能想定最壞的情形，設法防範……」

我這麼說給自己聽的話說到一半。

敲門聲迴盪在室內。

「是我，可以進去嗎？」

這個令人舒暢的美聲，是伊莉娜所發。

我露出笑容，立刻做出回答：

「好的，請進。」

伊莉娜開門，走進房間。

她穿著薄紗睡衣。

純白的睡衣微微通透，露出了她豐滿的胸部與有肉的大腿。

這穿著有點讓我不知道該把目光往哪兒看才好，然而……我當然並未抱有邪念。

我一如往常地微微一笑，開口說：

「怎麼了？睡不著嗎？」

「嗯。有點，你懂的。我想跟你說說話。」

伊莉娜以略顯複雜的表情這麼說完，然後來到床邊，坐在我身旁。

接著——

「……亞德，你好厲害喔。無論堡壘還是關卡，一個人就輕而易舉地突破了。」

稱讚的話語。

然而，這和她過去說過的許多讚美不一樣……

伊莉娜的聲調中，有著幾分卑微的音色。

「全都是亞德你在活躍。我……就只是看著。一點出場的機會都沒有。」

「……保護大家的安全，是我的職責。我就是因為這麼想，才盡可能採取減少妳們負擔的行動。但這是不是反而造成妳的不愉快了呢？沒有機會發揮實力，是不是讓妳覺得不滿了？」

伊莉娜搖了搖頭，模樣莫名有些消沉。

「不。不是這樣的。我並不是想大顯身手，不是這樣子。」

她低著頭說出的這些話，是那麼沉鬱。

「……進入暑假，我們好久沒像這樣可以兩個人獨處。起初我很開心，可是，漸漸愈來愈難受……我就是發現了。發現我根本沒能理解亞德。」

我看不出她想說什麼。

但我特意不問，任由伊莉娜想說什麼就說什麼。

因為在我看來，她期盼這樣做。

「……被艾爾札德綁走的時候，亞德你展現了驚人的力量，拯救了我。看到當時的亞德，我就想到，這個人需要有個人跟他對等。想到如果沒有一個人擁有和他對等的實力，這個人不管到什麼時候都會那麼孤獨。所以……我開始比以前更努力，想和你並肩。」

原來她是這麼想的嗎？

……她的想法，並非完全錯誤。

由於我是絕對的強者，連古代也沒有幾個人能和我並肩。

在稱得上朋友的那些人裡，能和我並肩的，也就只有莉迪亞。

所以我也曾經認為，從某種角度來看，只有她才是真正能夠理解我的朋友。

然而……

我一次也不曾認為，無法並肩，就稱不上真正的朋友。

多半是在這次的暑假，我們兩人得以獨處，讓伊莉娜發現了這一點吧。

「在村莊裡生活，在山上玩……亞德你不管什麼時候都顯得很開心。可是，那不是因為跟我在一起。亞德的眼睛，一直都在看著假期結束後的未來。一直注視著和學校裡的大家一起過的未來……這讓我想到，亞德你對於比自己弱的對象，也能真心感受到友情。想到會認為無法並肩就沒辦法變成真正的朋友，只是我會錯意。」

相信這樣的結論對她而言，像是會讓以往這些努力都失去意義。

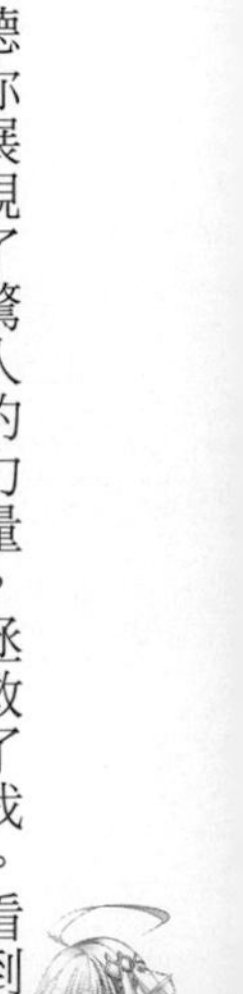

伊莉娜在腿上握緊拳頭，並說：

「從美加特留姆事變以來，亞德開始露出真的很燦爛的笑容。以前只讓我看到的笑容，變得會讓大家都看到了……從發現自己會錯意以來，這讓我說什麼就是會耿耿於懷。然後，雖然……可能會讓你覺得，我個性很差，可是……」

伊莉娜一邊將目光從我身上移開，一邊嘴唇顫動。

「我……不想變成『大家』當中之一。我想變成亞德你特別的人。不是你重視的很多人當中的一個，是想變成比什麼都重要的人……在村子裡一起生活，讓我開始這麼想。」

……啊啊，是這樣啊。

我漸漸聽懂她想說的話。

而對她最近那些奇妙的言行，也看到了答案。

在被轉移過去的森林裡，她與「魔族」打過之後的反應。

我打倒「龍人」後的反應。

她稱讚我的同時，也在責怪自己缺乏實力。

我本來認為，這樣的反應很不像是伊莉娜會有的。然而——

她說——想變成我的第一。

想變成我最特別的人。

原來那些不像她會有的言行，根源就在於這樣的想法嗎？

而她會有這些想法，原因在於美加特留姆事變。

……那次，我和伊莉娜得到了救贖。然而，相較於單純得到救贖的我，伊莉娜卻萌生了新的苦惱嗎？

「我想變成亞你最特別的人。所以，我想變強。因為我覺得，只要強得能和亞德並駕齊驅……一定就能成為你特別的人。可是……看到亞德的活躍，我說什麼就是會想到，要和亞德並駕齊驅，實在是辦不到吧。」

伊莉娜緊抿嘴唇，垂頭喪氣。

她的表情與聲調，讓我覺得她有種令人擔心的感覺。

……我想起了古代世界中，一個和我成了朋友的男人。

他是個非常正經，人格也很良好的人，然而……

他就是很容易鑽牛角尖。

和我並肩作戰的過程中，他開始覺得自己「沒用」，害怕這將會讓我們的友情破滅。

因此……他固執於力量，最後做出失控的行為。

結果，他甚至開始會觸犯各種禁忌，被瘋狂所吞沒。

我決定親自下手處置他。

……現在的伊莉娜，正要走上和他一樣的路──在我看來是這樣。

她自己多半也對自己所走的路，產生了迷惘吧。

所以，才會來找我。

既然如此……

我就非得為她修正軌道不可。

「伊莉娜小姐，首先我要斷定一件事，那就是妳正走在錯誤的道路上。再這樣下去，妳遲早會過度執著於力量，傷害大家。」

「…………」

她自己多半也有了這樣的預感。

伊莉娜什麼話也不說，只以陰鬱的表情低著頭。

我手放上好友的肩膀，繼續對她說：

「伊莉娜小姐，妳聽好了。妳現在所追求的力量，僅可能變成只會傷害別人的凶器。無論得到多少那樣的力量，我都不會認為那是好的。當然，也不可能另眼相看。」

「……嗯。」

「我一直為了保護別人而追求力量。我將自己學會的種種能力，視為用來保護別人的工具。沒錯，對我來說，所謂的實力，只是用來達成『守護』這個目的的工具。無論工具多麼優秀，我都不會對工具產生興趣。因此，無論妳變得多強，我都絕對不會以此為理由，對妳另眼相看。」

「……就是……說啊。」

我對眼神中開始有了反省神色的她微微點頭，繼續說下去：

「不是擁有多少力量，而是如何使用這些力量。我有興趣的只有這一點……而伊莉娜小姐，以往的妳，一直都非常正確地將力量用在可貴的事情上。席爾菲同學失去自我的時候、我們被送到古代的時候，還有在教育旅行，以及在美加特留姆那次也是一樣。妳始終都是為了別人而使用力量。正因為這樣，妳對我來說才是最棒的朋友……」

我看著伊莉娜，強而有力地斷定：

「是比任何人都更特別的人。」

聽到這句話，她抬起了頭。

她雙眼睜大，嘴唇微微顫動。

「特別的人？」

「是啊。雖然對有著朋友關係的人們做出比較，是萬萬不該做之事。但若一定要比……伊莉娜小姐，妳無疑是我最好的朋友。」

我把放在她肩上的手，挪到她握緊的拳頭上。

接著一邊用手掌包住她的手，一邊開口說：

「小時候，我在村子裡交不到朋友，十分苦惱，妳出現在我面前，還說願意跟我當朋友。那對我來說是多麼大的救贖啊。伊莉娜小姐，如果沒有妳，就沒有今天的我。妳是我亞德·梅堤歐爾第一個朋友……也是一輩子唯一一個，最特別的人。」

這就是她最渴望的話語吧。

然而，這不是在討好她。

也不是為了將她的心導向正確的方向，就隨口敷衍。

我所說的話，是不折不扣的真心話。

相信就是這些話說進了她心裡。

伊莉娜有些難為情地微微一笑。

「特別。這樣啊。原來我……是特別的啊……嘻嘻。」

她臉頰微微泛紅的模樣，惹人憐愛得不像是這個人世間所能有……

真的，伊莉娜有夠可愛。她的模樣就是讓人不得不這麼說。

接著我和她閒聊了些無關緊要的話題。

伊莉娜似乎睏了，在我床上躺下，立刻開始發出鼻息聲。

她睡著時的模樣是那麼無邪。我輕輕摸了摸她的臉頰，微微一笑：

「妳的苦惱，是真正把對方當朋友看待才會有的。雖然往錯誤的路上行進，讓我覺得妳這樣會很令我擔心……但同時，我也非常開心。」

接著我一邊瞇起眼睛，一邊喃喃說著：

「能認識妳，真的是太好了。」

◇◆◇

當天空亮起，相信伊莉娜的心也迎來了晨光。

她醒來後，已經完全變得和往常一樣，表現出快活的模樣。

於是我們一路往西行進。

一邊感受著這令人毛骨悚然的寧靜，一邊慎重前進。

經過這樣的路途……

我們抵達了目的地。

阿賽拉斯的首都哈爾·席·帕爾。座落在平原正中央的巨大都市，靠著堅固的城牆、城門與許多衛兵，抵禦外敵的侵略。

……結果一路來到這裡，並未受到任何一次襲擊。
相信對方也掌握住了我們的動向。
卻始終並未派出刺客或大軍。
這樣的對應，彷彿像是歡迎我們的到來。
這讓人覺得非常不舒坦，但我們除了前進，也已經別無選擇。
城門前。
我們看著許多平民排隊，等著獲得通行許可的情形。
我對眾人說：
「各位聽好了。接下來發生什麼事情都不奇怪，我們要繃緊神經。」
伊莉娜、吉妮與席爾菲三人，都露出精悍的表情點了點頭。
我也微微點頭，然後……
我們從平民排隊的隊伍旁邊走過，走向巨大的城門。
這一來，衛兵們必然會注意到我們……
「！你……你們是！」
「死神和他的同夥！」
結果也算是不出所料。

「不好意思，我們要硬過。」

於是我照事前決定的方針行動。

首先，為了不讓平民受害，先用防禦魔法「屏障術」遮住他們。

然後立刻對大約六十名衛兵施展人數份的「熱焰術」。

一瞬間殲滅了擋住去路的人。

「好了。各位，我們去把事情做個了結吧。」

我帶領伊莉娜她們，踏入了哈爾·席·帕爾。

城門前的動亂，讓都市入口附近來來往往的平民，都對我們投來畏懼的目光。

我們沐浴在這樣的視線當中，走在大街上。

結果——

「光天化日之下，竟然這麼少人就敢來！」

「這裡可是敵境最裡頭啊，這群傻子！」

一群狀似巡邏隊的戰士接連湧來。

感覺得出他們企圖以數量優勢壓垮我們，然而……

「數量的暴力，對我們不構成任何意義。」

結果是敵方體認到了絕對的戰鬥力差距。

對進逼而來的戰士，我悉數以低階的屬性魔法瞬間擊倒。

「看來沒有我們出場的機會呢。」

「是啊，真不愧是亞德，就算處在人數上的劣勢也一樣放心。」

「真是的！都是亞德在打，太賊了啦！我也想打啊！」

我一邊聽著眾人說話，一邊掃蕩敵人，在大街上行進。

戰士們不斷出現，攻向我們，但不構成任何威脅。

因此伊莉娜她們的臉上完全失去了緊張感，以觀光般的感覺環顧四周。

「不過話說回來，這街景好獨特呢。實實在在是異國風光的感覺。」

「大半是木造建築，磚造很少。這方面就和拉維爾完全相反啊。」

「服裝也是整體都穿得比較少。很有蠻族的感覺呢。」

「……各位，雖然我們游刃有餘，但千萬不要大意。」

我聳聳肩膀，同時進行掃蕩與行進。

最後，我們抵達了王城前。

本來這個地方會設下最嚴密的防衛網。然而……

「……嗯，守護者零……是嗎？」

抵達城門前的同時，再也看不見人影。

一個把守城門的衛兵都沒有……不只如此，本應用來阻止入侵的城門，現在卻光明正大地開著。

「這樣子簡直在歡迎我們呢。」

「滿滿都是圈套的氣味呢。」

「可是，我們只能前進。沒錯吧，亞德。」

我點頭回應伊莉娜的提問。

「……本次的事件，到此也終於要做個總結。就不知道等著我們的是什麼了。」

我一邊毫不大意地警戒四周，一邊和眾人一起走進城門。

接著走過架在護城河上的橋，走進寬廣的庭院。

一路直線前進，踏入最大型的建築物。

……非常安靜。

沒有任何人出現在我們眼前。

「感覺真的很不舒服啊。」

「我本來還以為會有盛大的歡迎。」

「不過，似乎不是無人啊。」

席爾菲說得沒錯。

我從剛剛就一直用偵測魔法警戒四周，但不分文官武官，有許多人待在城裡。

但他們都把自己關在室內，一動也不動。

彷彿是在客氣，不要打擾到我們。

又或者……給我一種像是被別人控制了行動的印象。

「這狀況雖然令人不舒服，但眼前，還是先去拜見我們要找的人物吧。」

我們根據偵測魔法顯示的反應，在建築物內行進。

接著踏入了一個開闊的空間。

地板上鋪了奢華的紅地毯，室內最深處有著玉座。

玉座以閃閃發光的寶石點綴，彷彿在強調王者的威儀。

現在，一名男子就坐在那兒。

有著綠色皮膚的獸人族男子。

似乎由於有著一半精靈族血統，這名年輕的王有著一種獨特的面孔。

德瑞德・班・哈手拄著臉頰，注視著我們。

「……上次見面，是五大國會議了吧。」

我瞇起眼睛，正視對手。

結果德瑞德嘴角一歪，形成笑容。

「唔呵呵呵！歡迎啊，亞德！還有你的伙伴們！謝謝你們傻呼呼地跑來！完全按照我們的盤算，看得我都忍不住要笑出來了！」

德瑞德靠在玉座的椅背上，加深了扭曲的笑容。

他的臉上、眼神裡，有著明確的敵意。

「……我姑且還是把話說在前頭。請你立刻投降，從拉維爾撤手。如果現在就投降，我還可以只對貴國請求賠償金就了事。否則——」

「否則你會怎麼做？」

「我就得把以你為首的主要為政者，全都砍掉腦袋。」

如果對方不投降，那就沒有辦法。

我不想奪走沒有價值的生命，但要讓事情了結，就需要有敵人的首級。

只要是為了結束戰爭，無論多骯髒的工作我都做。

相信這樣的意志也讓對方感受到了吧。

然而，即使如此，德瑞德仍持續露出笑容。

那是瘋狂，以及……

憎恨——他一直露出宿有這些感情的笑容。

「看似滿口大道理，其實始終高姿態。你這種地方『一點都沒變』啊，亞德。」

他的口氣，像是從以前就認識我。

當我對此產生疑問的瞬間……

德瑞德全身迸發出殺氣。

「嗚……！這……這個感覺是……！」

「難……難道說……！」

伊莉娜與吉妮冒出冷汗。

相信她們應該記得這股殺氣。

同樣的……

我也記得這種感覺。

「原來是這麼一回事嗎？」

我瞇起眼睛，正視德瑞德的身影。

我一邊看著他，一邊說下去：

「為何『龍人』族會投靠阿賽拉斯？這裡由……以及幕後黑手的真面目。這一切，我都掌握住了。」

我本來以為這次的事，是由萊薩與「魔族」以及另一個幕後黑手所策劃。

我還以為德瑞德只是被操縱的人。

然而這個想法錯了。

原來幕後黑手和德瑞德，是同一個人。

「算來大概五個月沒見了吧。看來妳『傷勢已經痊癒了』呢。」

我承受著讓皮膚緊繃的殺氣。

說出對方的真名。

「這次的事情，算是之前那次的復仇戰嗎——艾爾札德小姐？」

剎那間——

德瑞德的全身，被黃金色的幾何紋路所覆蓋。

一會兒後，獸人族男子變成了美麗的女子。

一頭留到地板的白金色長髮。

一身純白的禮服。

她的容貌堪稱絕世美貌。

她露出這樣的面目，將黃金色的眼睛朝向我們，微微一笑：

「很高興又見到你了，亞德。還有，伊莉娜也是……那邊那女孩，記得是叫吉妮來著？另一個女孩子我就不認識了，不過沒關係啦。」

美女笑瞇瞇地露出友善的笑容。

然而，她眼神中宿有的殺意極為劇烈。

「……我說亞德，這女的是誰啊？」

「狂龍王艾爾札德——以前綁走伊莉娜小姐，讓她擔心受怕的壞人之一。」

從那時到現在，已經五個月了嗎？

不管怎麼說，「龍人」一族之所以會投靠阿賽拉斯，多半就是因為這女的參與在其中吧。

我一邊想著這些，一邊對艾爾札德問起：

「……妳是從何時開始變成他？」

「從五大國會議之後就一直是。」

原來如此。

會議中，我對德瑞德朝我發出的反常殺氣產生了疑問，而現在理由也就揭曉了。

「順便問一下，真正的德瑞德王呢？」

「和以前一樣啊。就和潔西卡一樣，已經不在這世上了。」

潔西卡是以前艾爾札德取而代之的女講師。

而德瑞德已經不在這世上，也就表示……

呼籲停戰的對象，已經哪兒都找不到了。

如此一來……

「真沒辦法。果然還是需要敵方的首級嗎？」

把發動戰爭的主謀者們，全都砍下首級。

不這麼做，這件事就再也不會結束。

「只是話說回來，我姑且還是話先說在前面吧。現在妳還來得及回頭。以德瑞德王的身分宣布投降吧。這樣一來，至少妳的性命——」

我這句話說到一半。

事情發生得毫無脈絡，極為唐突。

我的腳下發出光芒。

藍色的魔法陣。

這是——

是以「魔族」所用的專用魔法言語所建構。

當我察覺到術式內容的下一瞬間——

視野轉黑。

……太大意了。

由於展開了封堵轉移與飛行魔法的反魔法術式，我先入為主地以為，對方也同樣不會動用這些魔法。

而我被反將了一軍。

我被人從王城轉移到了另一個地方。

那是一片烏雲密布的荒野。

寸草不生的不毛平原，遼闊得一望無際。

從古代至今都不可能再生的這片土地，人稱滅亡的大地。

是以前我和「邪神」們爭鬥的地方……

也是我被傳送到古代時，打倒另一個自己的地方。

在這充滿恩怨情仇的空間中。

我和這個人見面了。

「……果然你也有一份嗎？」

這個人修長的身軀上穿著燕尾服，一頭黑色長髮綁成馬尾垂下。

面貌被小丑似的面具遮住，看不出真面目。

面具怪客。

姓名、性別與經歷都不祥的「魔族」之一。

推測是「拉斯・奧・古」的幹部。

他也還是老樣子，以有點像在演戲的述說口吻開始說話：

「人有所謂自己適合的所在。舞孃是舞廳、演講家是展望台、小丑是人來人往的大街。而吾與你，最適合的地方就是此處。這滅亡的大地，正顯現出我們走到今天的人生。你不也這麼——」

他正說得滔滔不絕。

我毫不留情，對他施展攻擊魔法。

火、水、土、風、雷——五大屬性的高階攻擊魔法，有如冰霰般的灑落。

猛烈的攻擊，在滅亡的大地上形成新的坑洞，然而……！

就在風暴中心。

面具怪客若無其事地繼續站著。

「哼哈，就不能靜靜聽完開場白嗎？你的心意，吾也不是不懂，但吾可是久違——」

我再度使出多得離譜的屬性魔法。

但面具怪客果然仍是毫髮無傷。

……真令人光火。

我明明非得立刻趕回伊莉娜她們身邊不可。

「哼哈哈，你就這麼想念朋友嗎？實在令人嫉妒。能受到你的寵愛，那是何等名譽……正因如此——」

這時我感覺到，面具下的臉孔，像是露出了笑容。

「正因如此，吾的『魔王』啊，吾更要妨礙你。」

相信這笑容，肯定充滿了邪惡吧。

想必非常令人光火吧。

為了轟掉他這張臉，我再度發動魔法。

但當劇烈的猛攻所造成的塵土消退後。

敵方還是若無其事地佇立在原地，接著——

「若不打倒吾，你就無法趕去朋友身邊。這也就代表著——」

面具怪客顯得開心，像是覺得有趣。

做出了令我不愉快的宣告。

「你將永遠無法再見到朋友——你最好做好這番心理準備。」

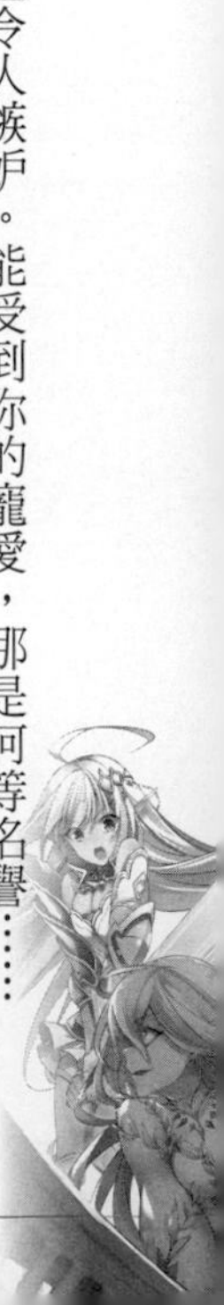

第八十一話　前「魔王」的朋友，走向末日

只要活上個十年、二十年，任何人都會有所謂最糟糕的記憶吧。
對伊莉娜而言的這種記憶，就站在她面前。
「我就事先告訴妳吧，這次的目的不是綁走妳們。反而殺了妳們才是我的目的。當亞德看到妳們變成一個醜陋的擺設，不知道會露出什麼樣的表情呢。呵呵，我期待得不得了啊。」
絕世美女露出淺淺的笑容。
但她的內心一反美麗的外表，實在太過邪惡。
狂龍王艾爾札德。
是名留神話的怪物，也是一度逼得世界瀕臨滅亡的傳說之龍。
她破格的力量，在伊莉娜身心兩方面都留下了深刻的記憶。
而這點對吉妮而言也是一樣。
「……真令人想起幾個月前的事呢。當時的狀況也很類似。」

沒錯，吉妮也是曾和艾爾札德對峙過的人之一。

伊莉娜即將被綁走之際，吉妮使出渾身解數的魔法攻向她，但沒有任何效果……

想來這是吉妮的人生中，令她感受到最沉重無力感的對象。

她是個無論對伊莉娜還是對吉妮，都造成了重大影響的強敵。

然而……

與艾爾札德對峙的三人之中，唯有席爾菲顯得若無其事。

她將黃金聖劍迪米斯·阿爾奇斯扛在肩上。

「從狂龍王這個外號聽來，妳是龍吧？如果是龍，我有一陣子打倒了一大堆龍，所以我很擅長對付龍。」

她剛說完這句剽悍的話。

席爾菲的身影消失了。

由於這一跨步實在太快，看在伊莉娜與吉妮眼裡就像消失了一樣。

接著席爾菲甩動一頭紅髮，一瞬間逼近敵人。

「啊哇！」

一聲呼喝中，揮出一記斜斬。

這一斬勇悍之餘，卻又冷酷地看準了敵人的要害。

這神速的一斬，換做是常人遇到，甚至不會發現自己中劍，但對艾爾札德來說，似乎不成任何威脅。

她右手隨意一伸，擋住了席爾菲的斬擊。

一瞬間，劇烈的巨響撼動耳膜，發生的衝擊波化為勁風，將謁見廳的無數裝飾品都吹到牆邊。

「……哦？這把劍，不是尋常貨色啊。」

艾爾札德接住黃金色刀身的右手手背，滴下了紅色的水滴。

「對了，記得之前聽說過，亞德的跟班裡有古代的戰士啊。因為不重要，我之前都忘了……所以妳就是那個人物了？」

「對，沒錯！『動盪的勇者』席爾菲．美爾海芬！妳就抱著這個名字，下冥府去吧！」

席爾菲引爆戰鬥意志，使出疾風迅雷般的連斬。

艾爾札德以雙手應付她的猛攻，同時微微睜大眼睛。

「原來如此，看來不是小孩子冒稱勇者啊。特殊的劍，加上非比尋常的劍技。妳就是那個席爾菲．美爾海芬嗎？我常聽比我早兩個世代的同族，說起妳的故事呢。說是有個少女孤身在龍的巢穴吶喊，殲滅了超過一千名我們的同胞。真是萬萬沒想到，竟然遇得到妳本人啊。」

她說話的當下，席爾菲的攻勢仍在持續。

劇烈程度每一秒都在增加。

「……有勇者稱號的少女，再加上聖劍，可就相當棘手了。難怪會名留神話。」

艾爾札德用來抵擋迪米斯．阿爾奇斯的雙手，已經滿目瘡痍。

再生能力跟不上。治癒的同時又產生新的裂傷，讓鮮血灑往四周。

從旁看去，艾爾札德完全只有招架之力。

看到這樣的情形，伊莉娜與吉妮冒出冷汗。

「平……平常都只看她做傻事，所以都忘記了，可是……！」

「席爾菲小姐的實力，果然破格啊……！」

她外表無邪又惹人憐愛，個性又可親，讓人容易忽略。

然而席爾菲．美爾海芬，是「動盪的勇者」，乃傳說中的大人物。

某些地區甚至將她神格化，就像對「魔王」與四天王那樣崇拜。

雖然平常她是個驚動周遭的大笨蛋……但到了這種狀況，就讓人很能理解她為什麼會名留神話。

就是單純的強。

這壓倒性的天性，以及年紀輕輕就在古代戰場活下來的經驗。

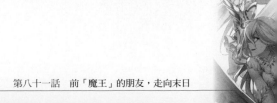

再加上她還擁有從「邪神」之一手中贏下的聖劍迪米斯．阿爾奇斯，不折不扣是傳奇英雄。

然而……

她現在施加猛攻的對象，也是傳奇中的傳奇。

即使席爾菲出手，單獨一人也顯得缺乏決勝的能力。

伊莉娜與吉妮察覺到這點，對看了一眼。

「我們也……！」

「至少總還能夠支援席爾菲小姐……！」

她們壓抑畏懼，相視點頭。

接著兩人召喚了從前亞德送給她們的，由他親手製作的魔裝具。

一瞬間，兩種武具回應她們兩人的意思，從異界出現。

呼喚到彼此手上的，是一把長槍。吉妮手上的長槍槍尖是紅色，伊莉娜的則是藍色。

而在長槍顯現的同時，與槍尖同色的脛甲，也覆蓋住兩人的雙腳。

能任意發出特殊攻擊的武器，以及隨時提昇身體機能的脛甲。

當這些武具穿戴齊全，兩人就有著足以和古代世界戰士比肩的戰鬥能力。

「席爾菲，我們來幫忙！」

「我們會想辦法製造空檔！請妳抓準空檔攻擊！」
兩人被「動盪的勇者」展現的英姿拯救了。
只要有席爾菲在，就會有辦法。
只憑她們自己是強人所難，但只要加上了席爾菲，也許就打得到那可怕的怪物。
這樣的希望摒除了畏懼，給了她們面對戰鬥的勇氣。
因此伊莉娜與吉妮挺起長槍，勇敢地衝鋒。
接著，就在席爾菲展開風暴般的猛攻下，兩人從旁挺槍突刺。
「哎呀，好險。」
艾爾札德往後一跳，拉開距離。
她朝伊莉娜與吉妮的模樣看了一眼，讓嘴唇形成笑容。
「哦？雖不如聖劍，但這魔裝具威力相當強大啊。我看是他親手做的吧？」
三對一，但艾爾札德仍不改老神在在的態度。伊莉娜雖然微微覺得畏懼，仍搖搖頭，揮開了畏懼。
「就憑妳！不是我們的對手！」
她鼓起鬥志，跨步上前。
接著連續突刺。

或許是因為終究不如席爾菲的斬擊，艾爾札德表情若無其事，輕巧而華麗地躲開。

但這不出意料。

吉妮看準艾爾札德專注於應對伊莉娜攻擊的瞬間，有了動作。

「『雷災暴現（Raze Burst）』！」

呼喊聲中，伊莉娜從原地往後方跳開。

剎那間，艾爾札德腳下展開了巨大的魔法陣──

一會兒後，無數白色雷光朝天竄去。

「嗚，啊……？」

亞德送給吉妮的紅槍，能隨意發出雷擊。

雷電的一擊不但威力強大，還兼有著讓對方全身麻痺，動作停滯的效果。

「就是現在，席爾菲！」

「知道了！」

在一旁待命的席爾菲彷彿就等這一刻，展現了勇悍地跨步。

就像野獸露出利牙似的，她露出緊咬的牙齒衝鋒。接著──

「啊哇啊啊啊啊啊啊啊啊啊啊啊啊啊！」

嘶吼聲中，使出渾身解數的一劍。

斜向的斬閃。

這一劍漂亮地捕捉到被定住的艾爾札德，從她的左鎖骨到右側腹，深深砍進身體。

「成……成功啦！」

「只靠我們，就把那個狂龍王……！」

勝利的確信，帶給她們歡喜與安心。

爆炸性的喜悅，讓兩人的表情變得再開朗不過。然而──

「……！妳們兩個，要解除戒備還太早了！還沒完呢！」

席爾菲以認真的表情呼喊，同時整個人彈開似的與敵人拉開了距離。

她犀利的目光所向之處，有著軀幹被深深砍傷，流下大量鮮血的艾爾札德。

實實在在是遍體鱗傷。眼看只要再補上一擊就會斃命，是已經被將死的形勢。

然而儘管處在這樣的形勢下，艾爾札德仍不改臉上的笑容。

她老神在在，顯得十分得意。

她以這樣的表情交互看了看伊莉娜與吉妮，開口說道：

「呵呵，人類果然成長很快啊。才過了幾個月，妳們的默契已經完全合拍了嘛。」

她以處在絕對優勢俯瞰似的態度，說出誇獎的話。

伊莉娜認為她是在逞強。

她想這麼認定。

吉妮也一樣。

認為正因為艾爾札德陷入危機，才特意採取堅定的態度。

認為她的言行，是即將落敗的人常會表現出來的態度。

她們這麼認定。

然而——

「想必妳們魔法的本領也提昇了吧，精神面看來也很有長進。身為前講師，實在很開心。作為獎賞——」

下一瞬間——

伊莉娜與吉妮有了切身的體認。

體認到她們的想法，只是一廂情願。

「我現在就讓妳們知道，什麼叫做真正的絕望。」

宣告的同時，艾爾札德的模樣變了。

看上去極深的裂傷，轉眼間迅速痊癒，同時她的皮膚，也有一部分被白金色的鱗片所覆蓋。

接著側頭部伸出彎曲的角，嘴角開到耳際，牙齒與指甲變成尖銳刀刃般的形狀。

這半人半龍的姿態，伊莉娜與吉妮都不陌生。

然而——從敵方全身釋放出來的壓力，不是當時所能相比。

「自從亞德讓我嚐到屈辱的滋味後，我這輩子第一次累積了所謂的努力。如果沒有那件事，我大概一輩子都不會有這樣的經驗吧。身為最強龍族的我，竟然為了變強而鍛鍊自己。然而這麼做的結果——」

艾爾札德全身發光。

伊莉娜與吉妮只能夠認知到這裡。

耀眼的黃金色光芒。

兩人無法理解到這光芒的威脅性。

相反的，席爾菲則充分展現出她何以被稱為「動盪的勇者」，一瞬間察覺到危機，半出於本能地發動了防禦魔法。

堅固的屏障遮住三名少女。

接著——

天文數字級的破壞風暴湧來。

猛烈的光與衝擊不停湧來，幾乎震破耳膜的巨響撼動大腦。

「嗚……！也太離譜了，哇哇……！」

席爾菲口中發出悶哼。

破壞的風暴又持續了一會兒。

當風暴過去，回歸平靜，四周的環境有了太大的改變。

豪華的謁見廳已經不成原形。

甚至城堡這個概念都已經連著庭院一起消失。

廣大的王城、保護城堡的護城河、城牆、城門……以及，裡頭的人們。

所有成分都消失得無影無蹤。

都市的正中央，轟出了一個巨大的坑洞。

「這力量是怎樣……？」

伊莉娜在坑洞中心，茫然地喃喃自語。

艾爾札德像是在嘲笑這樣的她，張開裂得很寬的嘴說道：

「以前的我，不變成真正的模樣，就發揮不出百分之百的實力。可是，現在不一樣。現在的我，是這個型態比較強。而當然了，基本的力量，也比那個時候提高了好幾倍。這是怎麼一回事，妳懂嗎，伊莉娜同學？」

被她以黃金色的眼睛盯著，讓伊莉娜全身動彈不得。

吉妮也是一樣。

對方壓倒性的威容，讓她們只能發抖。

而即使是席爾菲——

她也冒出冷汗，握緊聖劍，小聲吐露了想法：

「伊莉娜姊姊、吉妮，我來爭取時間，妳們趁機快跑。」

她說除此之外已經別無他法。

席爾菲的聲調中，有著悲壯的決心與覺悟。

「妳們要跑、再跑、拚命跑，去和亞德會合。這樣一來就可以放心了。因為亞德會保護妳們兩個……！」

說到這裡，席爾菲深呼吸一口氣。

「我就來告訴妳！勇者的稱號可不是叫好聽的啊！」

她英勇地朝著艾爾札德直衝過去。

沒有迷惘，也沒有恐懼。

就只是貫徹自己的意志。

犧牲自己，掩護朋友逃走。

然而她的這種覺悟——

「不管用的。一切都不管用。」

艾爾札德維持不動的態勢。

即使席爾菲直逼而去，高舉聖劍當頭直劈，她仍不為所動。

鋒利的劍身隨即抵達艾爾札德的頭頂，砍個正著。

一瞬間，金屬與金屬劇烈碰撞的巨響迴盪在四周……

「嗚……！」

席爾菲的斬擊，被彈開了。

她被反震得整個人大大後仰，看著發麻的手，咬緊了牙關。

「還沒，還早呢！」

她使出連斬，但結果還是一樣。

每一劍都被彈開，連艾爾札德的皮膚都切不開。

但席爾菲仍不放棄，猛力揮舞聖劍。

一切都是為了爭取時間。

為了掩護兩個朋友逃走。

然而……

伊莉娜與吉妮雖然明白她的意思，卻動彈不得。

是恐懼，讓她們兩人的身體僵硬得像是石頭。

腦子裡一片空白，什麼念頭都沒辦法想。

艾爾札德朝著這樣的伊莉娜送出微笑，說：

「伊莉娜，我保證，我會最後一個殺妳。而第一個就是——」

艾爾札德的右手隨意一動。

朝著依然繼續對她揮出連擊的席爾菲——

伸出了手掌。

「龍殺死勇者。就請各位觀賞這樣的一瞬間吧。」

裂開的嘴，露出駭人笑容的同時。

艾爾札德的手，發出了極大量的光線。

光線吞沒了席爾菲嬌小的身軀——

當光芒散去，她已經癱坐在遠處。

焦黑的全身冒著煙。

看到這個情景的瞬間——

伊莉娜腦海中萌生了兩種感情。

一種是壓倒性的畏懼。

另一種則是……因朋友受害而產生的莫大怒氣。

現在，伊莉娜因害怕對手的力量而變得一片空白的腦子裡，冒出了一個念頭。

是報復。

烈火般的怒氣，讓她萌生了戰鬥意志。

吉妮的手放到了伊莉娜肩上。

「對席爾菲小姐是真的很過意不去。但是這個時候，我們還是辜負她的一片心意吧。」

看來吉妮的心意也一樣。

她們兩人也明白。明白如果能夠逃走，那就是最佳方案。

然而，面對眼前的怪物，要逃走應該是不可能的吧。

既然如此，那麼唯一的選擇就是對抗。

而且，更重要的是——

「女孩子也有一口氣要爭。沒錯吧，伊莉娜小姐。」

「是啊，妳說得對……！」

對傷害朋友的對象，連一巴掌都沒賞就逃走。

這口氣女人嚥不下。

「呵呵，妳們這些地方一點都沒變呢。比起逃離危險，妳們選擇為朋友報復……這種地方，真的讓我覺得不爽得要命。」

她表示不只是伊莉娜與吉妮的心意，友情這樣的概念都應該唾棄。

艾爾札德由衷憤恨似的，吐露了這樣的想法。

「要上了，吉妮……！」

「我隨時都準備就緒了，伊莉娜小姐……！」

彼此的眼神中都有了覺悟的神色。接著——

兩人同時蹬地而起。

挺起長槍，勇猛果敢地跨步前衝。

敵我間的距離一瞬間縮減到零，兩人的攻勢隨即展開。

以槍使出的突刺與橫掃，再加上攻擊魔法，從多種角度搶攻。

然而……

「妳們的默契真的很合拍呢。這是妳們深深的友情帶來的成果嗎？真令人感動呢。可是……這種東西，在我的力量前，不構成任何意義。」

兩人聯手的猛攻，未能對艾爾札德造成任何危害。

槍尖被鋼鐵般的皮膚彈開，魔法造成的高熱、寒氣與衝擊之類的攻擊，也一樣不管用。

然而，即使如此——

兩人仍不放棄。

只要一直維持前進的意志，就一定能開出一條路。

自從認識亞德後，她們始終在累積非比尋常的經驗。

曾經對抗過比她們更高等的對手。

而陷入生命危險的情形，也不是只有一兩次。

然而，她們克服了這一切，此時此地才會站在這裡。

只要不放棄，一心一意地抵抗，想必可以抓住想要的未來。

——艾爾札德對懷抱這種想法的兩人，露出微笑。

彷彿是在嘲笑。

「以往妳們多次靠著友情的力量度過了危機，所以這次也總會有辦法。妳們多半是這麼想的吧。」

艾爾札德承受兩人的攻擊，仍保持微笑，說個不停。

她的眼神中……

有了明確的殺意。

「我來讓妳們知道，友情會帶來奇蹟——這樣的想法只是愚蠢的幻想。」

一瞬間——

艾爾札德對兩人擺出了迎擊的動作。

之前她一直不設防，任由她們挺槍砍刺。

現在則若無其事地，一把抓住伊莉娜挺槍刺來的槍尖……

毫不留情地捏碎。

「這……！」

艾爾札德對瞪大眼睛的伊莉娜，發出冰冷的話語。

「來，絕望要開始了。」

裂開的嘴，扭曲成邪惡的笑容。

接著——

艾爾札德將吉妮刺出的槍也加以粉碎——

「好好就近見證第二個人的死吧。」

艾爾札德宣告的同時，刺出手刀。

她尖銳的爪子刺穿的……

是吉妮柔軟的心窩。

艾爾札德的手撕裂她的腹部，貫穿了內臟與脊椎。

「嗚，啊……！」

劇痛實在太劇烈，讓吉妮瞪大眼睛。

光迅速從她的眼眸中消失。

彷彿行將就木。

「吉妮————————————！」

伊莉娜嘶吼著，想留住朋友的意識。

艾爾札德舒暢地聽著她這充滿絕望的嘶吼。

「我覺得妳現在還是擔心自己的安危比較好吧？」

艾爾札德朝伊莉娜伸出一隻手，揚起了嘴角。

會死。

這樣的預感，驅使伊莉娜下意識做出了行動。

她就像完全出於脊髓反應，發動防禦魔法。

於是發出光芒的屏障遮住伊莉娜全身，下一瞬間——

艾爾札德的手掌，發出黃金色的閃光。

劇痛、衝擊，以及飄浮感。

耀眼的光芒侵入視野，隨後視野立即轉黑。

也不知道過了多少時間。

臉頰傳來一種堅硬而冰冷的感覺。

當伊莉娜醒來，睜開眼睛，掌握住了自己倒在大街上的現狀。

看樣子她情急之下發動的防禦魔法，讓她免於斃命，然而……

全身所受的傷卻很深。

「嗚，唔……！」

伊莉娜感受到劇痛，痛得眼眶含淚，但仍慢慢站起。

平民一頭霧水地看著她這樣。

「那個女孩子，是從城堡那邊飛過來的……對吧？」

「不知道和城堡消失，有沒有什麼關係……？」

她們大打出手，似乎將不安帶進了平民心中。

伊莉娜對他們的模樣覺得過意不去，同時總算用兩隻腳踏穩了地面。

這個時候——

「哈哈，妳還真耐打啊，伊莉娜。」

伴隨開心的說話聲，艾爾札德從天而降。

看見她半龍半人的模樣，相信平民一定更加慌亂。

「那……那個怪物，是什麼東西……？」

「好……好噁心……！」

畏懼與厭惡。艾爾札德一身沐浴在這樣的視線中，皺起了眉頭。

「……你們這些螻蟻之輩，別給我盯著看。」

她一邊將不悅說出口，一邊將右手高舉向天。

伊莉娜瞬間猜到艾爾札德想做什麼，出聲制止：

「住手——」

但她才剛張開嘴。

艾爾札德也不聽伊莉娜說什麼，做出了行動。

天上顯現出無數的魔法陣。

黃金色的幾何紋路填滿了虛空，呈現一幅美麗又駭人的景象。

這就成了許多人最後見到的光景。

「去死吧。」

冷然的話語說出的同時，魔法陣發出巨大的火焰球。

莫大的破壞力成群灑落在街上——

短短一瞬間，就創造出了慘狀。

高熱掃過人群與建築物。

也因為木造建築物多，火災轉眼間就蔓延到很大的範圍。

即使是遠得無法透過目視確認的地方，都迅速被艾爾札德施放的魔法化為慘劇的舞台。

「看妳……做的好事……！」

艾爾札德並未瞄準伊莉娜。

因此她並未受到火焰球造成的災害。

她的眼睛，捕捉到了人間煉獄的情景。

充滿異國情調的美麗街景被火焰燒燬，已經不成原形。

住在裡頭的人們，暴露出的死狀實在太悽慘。

有變成焦炭的，性別不詳的屍體。

有只有下半身炭化的少女。

有許多男子被衝擊化為零散的屍塊。

直到幾小時前，他們多半都還歌詠著有笑有淚的人生。

一想到這裡。

伊莉娜就由衷覺得悲傷。

悲傷的同時……

也對造成慘劇的怪物，產生了劇烈的怒氣。

「為什麼……！為什麼，要做這種事！他們明明跟這件事無關！」

對伊莉娜的怒氣，艾爾札德露出令人不舒服的淺笑回答：

「嗯，說得也是，他們的確無關。所以我才能若無其事地殺了他們。就是因為無關，要奪走他們的性命，才更不會有所躊躇。只是話說回來，我非常討厭人類，所以不管有沒有關係，我都會很乾脆地殺了他們就是了。」

火焰熊熊燃燒的街上，艾爾札德攤開雙手，加深了邪惡的笑容：

「等殺了妳，讓亞德絕望後，我打算把這個國家的人全給殺光。從我變成德瑞德．班．哈以來，一直在玩扮國王的家家酒，沒想到支配人類這種事情，真的很會累積壓力啊。所以作為回報，我就想把殘酷的死亡，送給全國國民作為禮物。」

她根本不是說笑或隨口說說。聽到她出自真心的發言，伊莉娜咬緊了牙關。

「妳想都別想……！這種事情，我絕對不會讓妳稱心如意……！」

阿賽拉斯的國民，對伊莉娜而言，是敵國的人。

然而，這些事都不重要。

無論是什麼樣的人，人命都是寶貴的。

歷經美加特留姆事變，伊莉娜的這種想法更強烈了。

人類卑鄙又醜陋。然而，在這種汙濁中，有著小小的光輝。

為了保護這美麗的光輝——

她要賭上性命，討伐眼前的惡。

伊莉娜胸中懷著這樣的誓言，瞪著敵方。

艾爾札德一副看不起她的模樣，聳了聳肩膀。

「妳的眼神像是在說『要打倒我』，但這是不可能的。妳最好重新了解一下自己的狀態。」

艾爾札德的目光從伊莉娜的腳尖打量到頭頂，說道：

「武器被擊碎，脛甲也接近全毀，全身骨骼龜裂，內臟也受到重大損傷。其實妳痛得想哭吧？別逞強了，乖乖哭喊出來吧。喊說亞德～救命啊～～這樣一來，說不定這次他也會趕來救妳喔。」

她說得語帶藐視。

然而，伊莉娜絕對不會照她的話做。

「我和被妳綁走那時候的我，不一樣……！」

當時的她，就只是個弱者。

只是個被故事的主角救出的，受到囚禁的公主。

然而——

「我已經不是，只會被人保護的公主……！」

與生俱來的倔強。

以及——強於一切的憧憬，讓她渴望成為英雄。

現在她的腦海中，浮現了兩個人的身影。

一個是她最棒的好朋友，也是最強的英雄——亞德·梅堤歐爾。

就在前不久，伊莉娜對他說過。

說自己想變強的理由，就是想成為對亞德而言最特別的人。

然而，不只是這樣。

伊莉娜是想變成亞德本身。

能以絕對的實力保護任何人——她想變成這樣的人。

而讓這種念頭加速成長的人物，在她腦海中與亞德並肩站立。

在古代世界遇見的傳說勇者莉迪亞。她實實在在就是伊莉娜理想中的自己。

活得自由奔放，笑得豪邁，有人遇到危機時就會瀟灑地趕到，輕而易舉地拯救對方。

亞德與莉迪亞——她想和他們兩人並肩。

她不想當個面臨危機時，只會哭喊的女孩子。

反而……

想變成能保護流淚者的人。

「妳一定很確定吧……！確定亞德不會來到這裡……！我也……這麼覺得……！就算大聲哭喊，英雄也不是每次都能這麼湊巧地趕到……！所以……！」

伊莉娜的心，漸漸被決心填滿。

接著，她將自己的意志，砸往對方身上。

「既然英雄不會來……！就由我自己來當英雄！」

決心。勇氣。

漸漸轉變為力量。

「我要打倒妳！我再也不會，讓妳傷害任何人！」

如果是現在。

如果是為了別人而鼓起勇氣，面對應該要打倒之惡的現在。

相信，不會違反他的話。

「相信那把劍，應該會接受自己」。

於是伊莉娜左手朝天，大喊：

「過來吧！瓦爾特．加利裘拉斯！」

彷彿在呼應她的呼喚。

現在，大氣鳴動，四周的虛空竄過雷光。

壓倒性力量的到來。

令人懷抱這種預感的現象過後——伊莉娜手上出現了一把劍。

沒有多餘的裝飾，純粹而美麗的白銀色長劍，是過去「勇者」莉迪亞所愛用的三大聖劍之一。

能以精神的力量來斬斷邪惡的劍。

名叫瓦爾特．加利裘拉斯。

「哦？這就是妳的王牌嗎？」

艾爾札德對握緊聖劍劍柄，舉劍備戰的伊莉娜，送出了嘲笑。

彷彿在說，拿這種小家子氣的劍又能做什麼。

伊莉娜瞪著這樣的敵方，回想起過去亞德將這把聖劍託付給她時的情形。

校慶中，亞德阻止了受到敵人操縱而失控的席爾菲後。

他先將瓦爾特．加利袞拉斯再度封印到校園內的大樹下，然後和伊莉娜兩個人獨處，對她說出這樣的話來——

「伊莉娜小姐，相信遲早有一天，妳也將會面臨非得賭上性命不可的困境。」

「為了那個時候……我要將聖劍託付給妳。」

「我在把聖劍封印到大樹下時，加了一道機制，讓妳可以任意召喚聖劍。」

這些話讓伊莉娜嚇了一跳，接著，問出這樣的問題：

「我……能夠駕馭聖劍嗎？」

亞德立刻點了點頭。

「不如說只有妳，才配得上那把聖劍。」

「瓦爾特．加利袞拉斯非常危險，會侵蝕使用者的心。」

「無論是多麼聖潔的聖人，都會被驅使得走上邪惡的道路。它就是這麼一把徒具聖劍之名的邪劍。」

「可是……如果是妳，應該就能駕馭吧。而且不會讓心靈受到力量的支配，妳懂吧。」

亞德露出充滿確信的笑容，手放到伊莉娜肩上。

「就像過去的『勇者』莉迪亞那樣。」

「妳也有著英雄的格局。」

「妳在為了別人而戰的時候，會展現出超越極限的力量。這樣的妳，才配得上用這把聖劍。」

亞德相信她。

相信她無論對任何力量，都能好好駕馭。

相信她會把力量用在正確的用途上。

而伊莉娜為了回應他的信賴，呼喚聖劍。

為了保護應該保護的事物，化絕望為希望。

「『阿爾斯特拉（閃耀吧魂魄）』！『佛特布利斯（我將化為神聖之光）』！『特內布利克（驅退黑暗）』！」

當這段以超古代言語構成的詠唱，從伊莉娜口中發出的瞬間——

她全身籠罩在耀眼的光芒中。

一會兒後，她嬌小的身軀，已經披上白銀色的盔甲。

「嗚……！」

鎧甲顯現的同時，傷害造成的疼痛已經完全消失，但相對的——

壓倒性的力量灌注進來，為心中帶來邪惡的情緒。

對敵人的恨意。破壞衝動。凶暴的殺意。凌辱的欲求。

聖劍瓦爾特．加利裘拉斯，侵犯使劍者伊莉娜的心，試圖將她變成自己喜歡的模樣。

然而……

「我！會把這些力量，用在對的事情上！」

她喊出決心，摒除邪念。

接著伊莉娜心中只懷著清純的鬥志，朝敵方吶喊。

對於吶喊著逼近的她，艾爾札德送出嘲笑。

「哈哈哈，妳可真英勇。可是這只會是無謂的掙扎——」

話說到一半——

伊莉娜將艾爾札德捕捉到刃圈內，在呼喝聲中揮出聖劍。

斜劈的一劍。

面對這以渾身力量揮出的一劍，艾爾札德貫徹不動的態勢。

這種玩意兒，沒有任何效果。

像伊莉娜這種小丫頭，像她這種只能哭喊的弱者，根本無法危害自己。

艾爾札德得意的表情，表現出這樣的想法。

然而——

一會兒後，狂龍王那老神在在的臉上，多了驚愕的表情。

伊莉娜劈出的一劍，捕捉到艾爾札德的身體──

白銀色的刀身切開她的皮膚與肌肉，甚至斬斷了骨頭。

「嘎啊！」

意料之外的劇痛襲來，讓艾爾札德瞪大了眼睛。

「喝呀！」

伊莉娜反手又是一劍，將劍身揮往斜上方。

這一劍也漂亮地劈開艾爾札德的身體，與先前那一劍合起來，在她身軀上留下了一個X字形。

「嗚……！太、太離譜了……！竟能傷到拿出真本事的我，這怎麼可能……！」

艾爾札德咳著血跺腳。

透過驚人的治癒力，先前所受的傷立刻就痊癒了。

然而刻在心中的驚愕，到現在仍讓她內心大為動搖。

艾爾札德冒出冷汗後退，伊莉娜果敢地跨步上前。

「喔喔喔喔喔喔喔喔喔喔喔喔喔喔喔喔喔！」

她放低姿勢，像盯上獵物的野獸般急馳。

艾爾札德對她的躍動發出了怒氣。

「臭丫頭，別得寸進尺了！」

她的頭上顯現出無數的魔法陣。

「給我消失吧！」

艾爾札德一聲令下，魔法陣一齊發出蒼穹色的光線。

那是一批數量實在太龐大的超高熱光線。

然而，伊莉娜毫不停步，繼續飛奔。

「『賽爾·維敵亞斯（化威脅為養分）』！」

發動聖劍瓦爾特·加利袞拉斯所具備的能力之一。

她詠唱完後，緊接著白銀色的劍身發出強光——

吸收了艾爾札德發出的無數蒼藍熱線。

「什麼！」

狂龍王再度將驚愕刻在臉上。

伊莉娜直逼到她面前。

跨步的力道大大提昇了。

這是因為剛才吸收了艾爾札德的魔法。

瓦爾特·加利袞拉斯吸收了所有以魔力進行的攻擊，轉換為使劍者的力量。

因此艾爾札德充滿殺意的魔法，反而提高了伊莉娜的力量。

「喝啊！」

當頭直劈。

面對這極具魄力的斬擊，艾爾札德一邊咂嘴，一邊往後跳來閃躲。

「這力量……！不是只來自……召喚來的劍……！」

她本能地感受到，伊莉娜的身上發出未知的能量。

決心與勇氣轉換為力量，從全身迸發出來。

這些力量化為可見的純白鬥氣，披在她身上……

艾爾札德推測出她的真身，接著……

「那些臭『魔族』……！竟然拿我當踏板嗎……！」

伊莉娜現在，多半已經讓「邪神」的力量覺醒。

她的血肉與靈魂，其始祖乃是「邪神」之一。

而現在，建構伊莉娜這個個體的一切，都正在接近「邪神」。

一種能以意志力產生無限的力量，甚至連世界都加以改變的壓倒性存在。

艾爾札德正被迫見證到，一名無垢的少女，進化為壓倒性怪物的過程。

這是「魔族」們的盤算。

他們的目的就是讓伊莉娜覺醒。

他們將艾爾札德當成棄子來利用。

這樣的推察，點燃了艾爾札德的怒火。

「別小看我了！那些螻蟻之輩！」

面對跨步上前的伊莉娜，艾爾札德召喚出一把劍。

與她當成部下使喚的那名「龍人」族男子所用的劍一樣，是一把以龍骨為基底而打造出來的大劍。艾爾札德劍尖朝向伊莉娜，蹬地而起。

接著就在熊熊燃燒的大街上。

少女與龍的鬥劍揭開了序幕。

「唔啊！」

「喝！」

聖劍與龍骨劍劇烈碰撞，濺出大輪的火花。

劍身與劍身的劇烈碰撞，產生巨響與衝擊波，每一秒都在粉碎構成道路的石板。

實實在在是人外的鬥爭。

形勢本來完全勢均力敵，然而——

均衡漸漸被打破。

漸漸占到上風的……

是狂龍王．艾爾札德。

「哈哈！怎麼啦，伊莉娜？妳的動作愈來愈不俐落了喔！」

龍骨劍掠過伊莉娜的臉頰。

本來以龍的骨骼為基底所打造出來的這種劍，只要輕輕擦過，就能吞噬對方的靈魂。

但現在的伊莉娜已經漸漸成為與「邪神」同等的存在，龍骨劍所具備的駭人力量並不管用。

但如果劍身深深砍進體內。

相信無論是什麼樣的存在，都將斃命。

而這一瞬間，在不遠的將來就會確實來臨。

不只是艾爾札德，伊莉娜也同樣懷抱著這樣的預感。

（身體……好沉重……！）

（心……好吃力……！）

「邪神」的力量急速覺醒。

再加上聖劍帶來的能量。

這些都對伊莉娜的身心兩方面帶來很大的負荷。

換做是常人，多半早已被疲勞感壓得膝蓋一軟，倒在地上。

她早已超過自己的極限。

因此，心灰意冷的感覺必然開始支配伊莉娜的心。

（我……就只能到這裡……嗎……？）

（所以我……終究只是……受人保護的公主……？）

（好難受……）

（好想拋開這一切不管，好好睡一覺……）

無論是什麼樣的存在，都有其上限存在。

伊莉娜遠遠超過了身為人的極限，又有誰能怪她說這些喪氣話呢？

她為了保護別人，勇敢地挺身而戰了。

超越了極限，逼得破格的怪物陷入窘境。

……這樣夠努力了吧。

之後的事情，就託付給亞德吧。

就算自己打不贏這傢伙，相信他也一定會想辦法的。

就在她想縱容自己這種想法的時候——

「撐住啊！伊莉娜小姐！」

這句話撕開了劇烈的巨響。

耳熟的少女呼喊聲迴盪著。

說話的人是──

「吉妮……！」

遠處，一棟崩塌的建築物後頭。

可以看見臉色蒼白，但仍瞪著她的朋友。

「剩下就交給亞德啦！我打不贏這傢伙啦！妳一定在想這些蠢念頭吧！那妳就大錯特錯了，伊莉娜小姐！妳這個人才不會輸給這種無聊的龍！」

吉妮的聲音。

她說的話。

深深透進伊莉娜的心。

「對我來說！妳是和亞德並肩的英雄！妳還記得嗎？第一個對我說話的人！第一次對我伸出援手的人！不是亞德！伊莉娜小姐！是妳！」

她蒼白著一張臉，仍在繼續呼喊。

她眼眶含淚，對自己所憧憬的英雄，送出聲援。

「我一直看著妳的背影！就是因為想站在妳身旁，才拚命努力！伊莉娜小姐！妳對我來說，既是好朋友，也是我最崇拜的人！這樣的妳，不可能輸給區區的龍！」

熱流在心中翻湧。

友情的火焰熊熊燃燒。

接著——

「打贏她！伊莉娜小姐！妳要打飛那個蜥蜴女，證明給我看！證明妳是能夠和亞德・梅堤歐爾並肩的——最棒的英雄！」

就在大顆的淚水，從吉妮的眼睛滴落的時候——

艾爾札德以充血的眼睛瞪著她：

「煩死了，妳這蠢女人！」

她發洩激情的同時，眼前顯現出魔法陣。

極粗的藍色光線射向吉妮。

遍體鱗傷的她，已經沒有力氣躲開。

所以……

就由自己來保護朋友。

「『賽爾・維敵亞斯（化威脅為養分）』！」

伊莉娜一瞬間移動到吉妮身前，發動聖劍的能力。

直逼而來的光線，被吸進白銀色的劍身。

接著伊莉娜背對朋友，露出微笑：

「妳看著吧，吉妮！那種傢伙，我馬上解決掉！」

她一邊將沸騰的熱情化為呼喊發出，一邊衝鋒。

「嘖！別做無謂的掙扎了，臭丫頭！」

艾爾札德的口氣變得粗魯。

是因為對復活的伊莉娜產生了畏懼，又或者是……

對她們展現出來的友情有所思？

無論是哪一種——

「現在的我！不覺得自己會輸！」

伊莉娜將熱情送上劍刃，揮動聖劍。

劍壓不但已經完全復活，甚至愈來愈高。

「嗚……！妳想說，這是友情的力量是嗎……！可笑！」

艾爾札德一邊將臉染上怒氣，一邊揮動龍骨劍，讓情緒爆發。

「什麼憧憬！什麼英雄！什麼好朋友！到頭來還是都會背叛！就只會講些不痛不癢的好聽話！」

與粗魯的口吻一樣，她揮劍的方式，也開始帶有之前所沒有的猙獰。

伊莉娜一邊和這樣的艾爾札德交劍，一邊感受到潛藏在她內心的孤獨。

「怪物和人類明明無法並存！友情這種東西明明根本不成立！啊啊啊啊啊啊啊啊啊啊啊啊啊啊！看著妳們，我就由衷覺得噁心！」

怒氣、恨意，以及嫉妒。

負面的感情，帶給艾爾札德超越極限的力量。

但同樣的——

伊莉娜也持續在超越極限。

「管他是怪物！還是什麼！只要牽起手，就能互相了解！就像我和吉妮！人類不是妳想的那種只有醜陋面的生物！」

滾燙。

身體、內心，都好滾燙。

「唔喔，啊啊啊啊啊啊啊啊啊啊啊啊啊啊！」

「咿啊啊啊啊啊啊啊啊啊啊啊啊啊啊啊啊啊啊！」

伊莉娜依然處於劣勢。

然而，心中已經再也沒有半點心灰意冷。

朋友在看。

說自己是她好朋友的朋友。

說自己是英雄的朋友。

在她面前，不想露出狼狽的模樣。

在她面前，想當個徹頭徹尾的英雄。

所以……

「我要贏！艾爾札德——————！」

伊莉娜又突破了一層障壁。

沸騰再沸騰的熱情、決心，與勇氣。

將她的位階往上推。

莫大的力量，從靈魂最深處灌了進來。

圍繞在伊莉娜身上的鬥氣，也從純白變為漆黑……

「嗚……！」

還對她全身帶來劇烈的疼痛。

關節與骨骼發出哀號，血管破裂，穿破皮膚，濺出血花。

「哈哈！失控了！『邪神』的力量，終究不是人的血肉之軀可以承受！再這樣下去，妳會被自己的力量給殺——」

「那又！怎麼樣啦啊啊啊啊啊啊啊啊啊啊啊啊！」

儘管籠罩在漆黑的鬥氣當中，全身噴出鮮血。

伊莉娜仍以熱情揮開劇痛，揮出豪邁的一劍。

「哪怕我的身體會散掉！這些都不重要！我要打贏妳！打贏！打贏！打贏！啊啊啊啊啊啊！」

強大的出力讓伊莉娜全身發出哀號，甚至流出血淚，但仍不停手。

超水準的猛攻，讓艾爾札德只有招架之力。

已經連反擊的餘地都沒有了。

她只能用龍骨劍格擋伊莉娜所揮舞的聖劍……

只能被刀身傳來的衝擊，震得表情扭曲。

「嗚嗚……！我不承認……！我不承認啊……！我怎麼！可以承認這種事情啊啊啊啊啊啊啊啊啊啊啊啊啊啊啊啊啊啊！」

艾爾札德吼出激情，但戰況並未改變。

很快地，她的龍骨劍上出現裂痕，裂痕隨即蔓延到整個劍身。

「這……這不是真的！我竟然會！竟然會輸給這種垃圾廢物！這種事情，怎麼可能發生啊啊啊啊啊啊啊啊啊啊啊啊啊啊！」

哀號般的嘶吼，她對勝利的願望，都在現實中遭到粉碎。

格擋住伊莉娜所揮來的聖劍這一瞬間。

龍骨劍終於迎來了極限——

龜裂的劍身，徹底粉碎。

接著——

「看我一拳揍飛妳！艾爾札德！」

分出勝負的時刻來臨了。

伊莉娜握緊右拳。

一瞬間，從全身迸發出來的能量，都濃縮在她的拳骨上。

「可……惡啊啊啊啊啊啊啊啊啊啊啊啊！」

艾爾札德朝逼近過來的伊莉娜喉頭，挺出手刀。

犀利又快速。然而，看在現在的伊莉娜眼裡，就像靜止不動。

因此這記手刀她輕而易舉地躲過，衝進對方懷中——

「給我……咬緊牙關！妳這個笨蛋啊啊啊啊啊啊啊啊啊啊啊啊啊！」

她將握緊的右拳，打在艾爾札德臉上。

拳頭直擊臉頰的同時，發生了能量的爆發。濃縮到高濃度的力量，產生了非比尋常的衝擊。

接著艾爾札德就如同先前伊莉娜的呼喊，被打得飛過大街。

她聲勢浩大地撞穿建築物，不知停止為何物似的一路直穿過去，甚至連保護市街的城牆都撞穿了。

艾爾札德被趕出人類的巢穴，轟出城外，身體在平坦的平原上著地，在地上滾動良久，這才終於停住。

艾爾札德躺成大字形，憤恨地看著天上的太陽。

「該死……！為什……麼……會這樣……！」

她已經不可能再繼續戰鬥。

無論精神上還是肉體上，都無法動彈。

她就只能詛咒自己落敗的現實。

伊莉娜拿著聖劍，來到這樣的她身前。

「……殺了我。」

狂龍王對自己仰視著的少女，簡短地撂下這句話。

她剩下的意志，只有迅速的逃避念頭。

她想趕快死掉，告別這種不愉快的世界。

……伊莉娜拒絕了她的這種意志。

「我不殺妳。我要妳以後也繼續活下去。」

伊莉娜面有難色地低頭看過來，艾爾札德朝她露出乾澀的笑容。

「妳要捉住我，拿我當寵物之類的嗎？也就是要花很長的時間，慢慢折磨我來找樂子？哈哈，真不愧是『邪神』的後裔啊。」

她嘴邊有著笑容，但眼神卻被純黑的仇恨淹沒。

「如果妳說不殺我，我也只是自行了斷罷了。我一秒鐘都不想再待在這種世界了。」

艾爾札德說話的同時，為了讓自己的身體崩解，發動了特殊的魔法，然而——

「我才不會讓妳這麼做。」

伊莉娜彎下腰，碰上艾爾札德的胸部。

緊接著，顯現後在狂龍王身上蔓延的魔法陣消失了。

「妳……！做了……什麼……？」

艾爾札德掩飾不住驚愕。

伊莉娜對瞪大眼睛，吐出疑問的她，光明正大地說：

「不知道。我只是隱約覺得做得到，所以試試看。」

她並沒有完全理解自己的力量。

就只是掌握了一些模糊的輪廓。

自己繼承的「邪神」血脈覺醒，讓她獲得的……

是小規模的現實改變能力。

伊莉娜就是透過這種能力，封住了艾爾札德的行動。

伊莉娜自己似乎也為自己所動用的力量而震驚。

「……我已經……真的……不是人類了呢。」

她成了和「外界神」——在現代被稱為「邪神」者並肩的存在。

或許是因為有著這樣的自覺，她的表情顯得有些無助。

相對的，艾爾札德則咬緊牙關，以恨不得用目光射殺似的視線看著伊莉娜說：

「別開……玩笑了……！殺了我！立刻殺了我！」

伊莉娜對恨意爆發的她搖搖頭。

「不。我不殺妳，不讓妳死。不是要像妳剛才說的那樣，為了折磨妳。反而正好相反。」

伊莉娜彎著腰，湊過去看艾爾札德的臉，說道：

「幾個月前，被妳綁走時的我，除了哭喊以外什麼都做不到。當時我對妳，完全沒有辦法理解。可是……這次，跟妳打過後，我隱約懂了。懂得對我和亞德而言，妳就是我們有可能去到的一種未來。」

伊莉娜看著艾爾札德黃金色的眼睛，繼續說下去：

「我和亞德，有幸遇到了真正最棒的朋友。可是……妳就不是這樣了吧，艾爾札德。妳沒能遇見願意接受妳是怪物這個事實的人們……如果不是大家趕來美加特留姆，我說不定也已經變得和妳一樣。」

前陣子那件事的最後關頭。

伊莉娜對人類絕望，以為自己幸福的生活就要被打上休止符。

因為在萊薩的策劃下，伊莉娜及其一族是「邪神」後裔的事實，已經傳遍全大陸。

在美加特留姆度過的時光，讓伊莉娜正視到人類的黑暗面……

結果她做出了人與怪物無法互相了解的結論。對這樣的她而言，自己的身分暴露，也就代表著以往所建立的一切關係都將瓦解。

然而，現實變成如何了呢？

……大家豈止並未拒絕她，甚至還趕來美加特留姆幫助她。

不只是吉妮和席爾菲。以往建立了關係的所有人，都為了幫助她而千里迢迢趕來。正因如此，伊莉娜才會以對人類絕望的自己為恥，比過去更加熱愛人類，然而……

「想來妳以前，一定一再遭到背叛吧。妳只能遇到這樣的人。所以，才會變成這樣。」

艾爾札德就像一面照出自己和亞德的鏡子。就是因為做出了這樣的解釋。

伊莉娜才會朝她伸出手。

「我不認為妳是絕對的惡。所以，我不殺妳，也不恨妳。反而……覺得我們可以攜手並進。」

伊莉娜直視艾爾札德的臉，斷言：

「我不會背叛妳。絕對不會。所以……艾爾札德，希望妳能再度相信人類。妳要和我們一起，活在人類社會。」

狂龍王傷害過許多人。她認為這絕對是天理所不容。

然而……被傷害的人們，只要由自己和亞德拚命補救就好。

艾爾札德就是和人類的關係處不好而扭曲的另一個自己。

希望這樣的她能夠得到一些救贖。所以伊莉娜……

「從今天起，妳就是我們的朋友了，艾爾札德。」

朝她露出淡淡的柔和微笑。

艾爾札德對這樣的她睜圓了眼睛。

接著隨即狠狠瞪了伊莉娜一眼。

「……要妄想也別太離譜。我是你們的另一種未來？哼，可笑。完全不是。妳的推測從頭到尾都錯得離譜。我這輩子活到現在，一直都恨著人類，這當中沒有什麼理由。所以我對妳也是討厭得要命。我才不會當妳的什麼鬼朋友。反而等我傷好了，我就會再做出和這次一樣的事情。我會在妳的面前，殺了妳的朋友。」

艾爾札德饒舌地說著挑釁的話語。

伊莉娜覺得，她的模樣就像是鬧著彆扭哭鬧的小孩。

「當身心兩方面都能夠並肩，對於對方的理解也會跟著改變呢。以往看在我眼裡，只覺得妳是個可怕的怪物。可是現在，該怎麼說，我覺得妳就像個怕寂寞的小孩。」

「……啥？」

艾爾札德由衷不悅似的皺起了眉頭。

雖然現在，彼此還無法心靈相通。

但相信有朝一日，就連這可怕的龍，都能和他們相視歡笑吧。

伊莉娜心中，有的只有對未來的希望。

對今後各式各樣的展望。

加上新朋友的生活。

就在她神馳於這些想像，讓心情變得明亮的瞬間。

伊莉娜的腳下，突然顯現出魔法陣。

不是艾爾札德做的。她也為這突如其來的狀況瞠目結舌。

接著一會兒後，伊莉娜的意識轉黑。

不知不覺間，她已經站在一個陌生的地方。

天空烏雲密布，雷鳴響個不停，大地實在太過荒涼。

如果世界末日來臨，想必就會變成這樣吧。在這片令人有這種感想的荒蕪大地上。

伊莉娜看見了兩名男子。

一個是亞德・梅堤歐爾。

多半是「專有魔法」造成的吧。他的外形變得大不相同，現在的他，美得令人光看就幾乎會為此失神。

接著——

另一個人的模樣，她也並不陌生。

可是，為什麼？

為什麼，他會待在這裡？

就在她產生了這種疑問時——

男子美麗的臉龐上露出凶惡的笑容，發出呼喊：

「太美妙了！啊啊，太棒了，小姐（Fräulein）！妳進化得太棒了！」

就在這股近乎瘋狂的歡喜，從他口中發出的同時。

男子手上顯現出一個小小的盒子。

純白的表層竄過許多黃金色線條。伊莉娜目視到這個物體的同時，莫名地產生了一種不可思議的懷念感……

以及過於龐大的畏懼。

那是萬萬不能存在的事物。

那是非得破壞不可的事物。

否則……

希望、未來，就會被毀掉。

想到這裡，她下意識想擺出攻擊的姿勢，然而……

「沒用的，小姐（Fräulein）！既然妳已經完全淪為『邪神』——從今而後！妳就只可能變成用來實

現吾願望的聖杯！」

彷彿是要證明這句話，力量從伊莉娜全身流逝。

她的靈魂，以及從這靈魂最深處所產生的無限力量。

化為發光的流線，流往白色的盒子。

接著……

「伊莉娜小姐！」

最後看見亞德動搖的表情。

伊莉娜的視野就此被塗成全黑。

第八十二話　前「魔王」與結束的開始

爭鬥解決得愈快愈好。

隨著時間經過，戰爭的不確定因素也會不斷增加。

因此我面臨戰事時，一向盡可能速戰速決。

除了這些信條以外，這次還處在朋友陷入危機的這種有著重大問題的狀態。

我根本無法保留實力。

我在與面具怪客的戰鬥開幕的同時，發動「固有魔法」。

然後立刻進入階段：Ⅲ。

我以現階段最佳的狀態臨戰，打得面具怪客再無招架之力，接著……

「嘎哈！」

我黑劍的劍身，刺穿了敵人的心臟。

換做是正常情形，多半在這個時間點上就已經了結。

然而……

「呵，哈哈，呵哈哈，真不簡單。你果然太棒了，吾的『魔王』啊。」

即使受到這理應讓他斃命的一擊，面具怪客仍然好端端的。

接著，他朝我的臉伸出手掌。

我察覺到危機，立刻從對方胸部拔出劍，往後退開。

我一邊拉開距離，一邊瞪著敵人。

……剛才那是第三次了。

我已經對面具怪客，做出三次致命一擊。

我根本沒有什麼慈悲的念頭。

每一劍都極其冷酷，足以將他連著靈體一起消除。

儘管如此，面具怪客足足受到三次這樣的攻擊，卻絲毫不顯得受到傷害。

反而每次受到攻擊，都更加意氣風發，氣勢更增。

……這麼強大的不死性，不可能是現代出生的人所能擁有的。

這傢伙果然是古代人。而且，推測還是跟我很親近的人。

根據有好幾種，但其中最重要的還是——

「『開啟吧』『獄門』。」

「喔，好險好險。」

他對我的戰術瞭如指掌。這就是最重要的根據。

把五花八門的魔法當成棄子使用，讓對方錯解我方的盤算，最後送上一發對方意料之外的魔法。

這是魔導士的基本戰術，也是已經圓熟的戰法。

以魔法進行的戰鬥，與西洋棋之類的桌上遊戲很像，就是在互相預判戰術。

哪一方擁有多種對方理應不知道的戰術，就能占壓倒性的優勢。

換句話說……

如果能夠對對方的戰術瞭如指掌，也同樣容易占到優勢。

看樣子，面具怪客幾乎完全掌握住我手上有些什麼牌。

再加上還有著這種過分反常的不死性……

我想得到的人物，可以篩選到只剩寥寥數人。

這幾個人全都很麻煩，但腦海中浮現出那個可以斷定就是其中特別凶惡的男子，讓我在焦躁中嘆了一口氣。

「你在心焦呢，吾的『魔王』。可是，吾也一樣。明明打算卯足全力進行，但現在卻還在備料的階段，沒辦法想怎麼行動就怎麼行動。啊啊！這是多麼可嘆！」

他就像在演一齣誇張的戲，說得比手畫腳。

這些舉動、說話口氣。

第一次見面的時候，我就隱約感覺到。

這傢伙果然……

……如果真是這樣，相信就連階段：Ⅲ也不夠。

要打倒這傢伙，就非得用上第四型態，也就是階段：Final不可。

但即使那樣能打倒他，我也會立刻陷入無法行動的狀態。

換做是前世，也就是瓦爾瓦德斯的肉體，就沒有任何問題。

然而，這村民的肉體，承受不了階段：Final的負荷。

我必須回到伊莉娜她們身邊，並摒除艾爾札德的威脅。如果無法達成這個目的，打倒敵人又有什麼意義呢？

……沒錯，我沒有必要打倒他。

只要定住他幾秒鐘就夠了。

我的勝利條件不是打倒他，而是和伊莉娜她們會合。

只要能夠定住他兩三秒，應該就能用轉移魔法，回到伊莉娜她們身邊吧。

如果這面具怪客就是他……

那麼只要將計就計，反過來利用他對我手上有什麼牌都瞭如指掌這點就可以了。

我根據這樣的想定，立刻擬定戰術，付諸實行。

「『閃耀吧』『滅神之光』。」

兩小節的詠唱下，我發動了一個作為棄子的魔法。

無數光線從天上灑落。

這是我在古代開發出來的一種對軍用魔法，而面具怪客以單純明快的行動破解。

他對這大量的光線豪雨，躲都不躲。

任由所有光線命中，身上被打出許多大洞，仍朝我衝來。

承受著光線繼續衝鋒。

這是有著莫大不死性的他才辦得到的。

哪怕身體被光線削去、打穿，都會一瞬間就復原。

因此我所用的對軍用魔法，並未發揮任何效力。

然而，這樣就好。

因為這只是用來讓對方錯判我戰術的過程。

「『束縛吧』『天上鎖鍊』。」

我詠唱過後，直逼而來的面具怪客左右兩方，立刻顯現出魔法陣。

從中竄出無數躍動的鎖鍊，試圖拘束住他，然而……

「哈哈！拿手的封印戰術是吧！」

這招也被他料中了。

面具怪客大步往後跳開，躲開了朝他逼近的大群鎖鍊。

本來那些鎖鍊會綁住對方，然後唱出六小節的詠唱，發動封印魔法，就能以這種力量，將對方困在永劫的牢獄之中。

看來這個戰術果然也在對方掌握之中啊。

然而，正因為這樣。

他才會中了我所設計的圈套。

我特意讓光線豪雨停住，佯裝要打出別張牌。

這點似乎也在誤導對方的心理這點上，發揮了作用。

面具怪客往後跳開，身在空中的那一瞬間。

實實在在是一眨眼就會過去的，實在太短的時間。

我就等這一刻。

「『吞沒吧』『圓環之蛇』。」

短短兩小節的詠唱。

我看準面具怪客人在空中的一瞬間唱出這些咒語……！

就在他著地的同時，我所看準的那一瞬間來臨了。

面具怪客面前產生了一個小小的黑點。

「這是——」

他口中發出驚呼，但沒能說到最後。

黑點轉眼間肥大化，吞沒了敵人全身。

這黑暗色的球體，說來是一種重力的牢獄。

將敵人關在天文數字級的重力場內壓垮。這就是這樣的魔法。

這是我轉生到現代之後創作出來的魔法。

我認為敵方應該也不會有辦法因應這第一次見到的魔法，結果……

看來不出我所料，應該能爭取到幾秒鐘。

就趁現在，運用轉移魔法，去到伊莉娜身邊……

就在我想到這裡時——

「做這種事情沒有意義。」

一道耳熟的少女說話聲。

聽到這句話後，我立刻感覺到背後傳來殺氣，往旁一跳。

剎那間——

一道光線穿過我先前所站的位置。

我先看清楚這個現象，然後瞪著闖入者。

「……為了不讓意料之外的事態發生，我盡可能速戰速決，但看來還是晚了一步啊。」

我正視眼前的少女，嘆了一口氣。

卡爾米亞。

這名「女王之影」旗下的少女自稱叫這個名字。

真沒想到她竟然和面具怪客串通。

她的插手，讓我錯失了轉移的良機。

剛想到這裡，黑球隨即產生了變化。

無數雷光從球體射出，接著——

黑球爆裂似的煙消雲散。

從重力場的牢獄中逃脫的面具怪客，全身殘破不堪。

身上穿的燕尾服破破爛爛，綁在身後的黑髮也鬆開，長度及腰的頭髮隨風吹動。

用來遮住他面容的面具，也有著大道裂痕……

「哼，哼哼……！不愧是吾的『魔王』……！這真是最棒的招待……！」

他笑得像是在享受還留在身上的痛苦。

隨著這些舉動，他的面具也漸漸瓦解。

劈里劈里幾聲響起，面具一片片崩落在地。

他也不把這件事放在心上，眼睛看向卡爾米亞。

「喔喔！吾的搭檔啊！妳在這裡也就表示——！」

「……嗯。就如我們的盤算。」

聽到回答，面具怪客看著烏雲密布的天空，大聲鬨笑。

「哼哈！哼哈哈哈哈哈哈哈哈！吾的世界終於迎來了春天啊啊啊啊啊啊啊啊啊啊啊啊啊啊啊啊啊啊啊啊啊啊啊啊啊啊啊啊啊啊啊！」

崩落。再崩落。

他的面具崩落，讓他的臉孔漸漸露出。

這樣的光景，讓我覺得彷彿在比喻一種現實。

也就是……

我至今所建立起來的現實，在崩解。

接著，是最壞情形的開始。

……沒錯。這傢伙不管什麼時候，都在為我帶來這些。

即使歸順於我的旗下，仍持續對我與周遭的人們帶來災禍的人。

讓我一直覺得再也不想見到的人。

「你果然是……！」

現在，就在我面前。

遮住他面孔的面具，迎來了完全的瓦解……

他的裝束也隨即劇變。

就像褪去小丑的外皮，露出真面目。

漆黑的燕尾服，轉變為以朱紅色為基調的莊嚴裝束，身上圍繞的氣息，也變得過於沉重。

這太破格的沉重壓力。

傾國傾城的美女也不過如此的美貌，以及眼神中莫大的瘋狂。

我不可能會認錯。

是追隨我的部下們當中，最可怕的怪物。

他的名字是阿爾瓦特·艾格傑克斯。

過去的四天王之一，也是我軍最大最強的戰力。

……他露出恍惚的笑容，看著我開了口：

「吾是多麼期待這相見的瞬間啊。薄情的你違背與吾的約定，已有三千又九百年兩個月又三天。吾等了這麼長的時間。啊啊，這段時間真的像是地獄啊，吾的主人。沒有你在的世界，是不折不扣的活地獄。」

阿爾瓦特雙眼流下大顆的淚水，滴落在地上。

這不是在演戲。他多半是由衷在慶祝與我的重逢吧。

……他也和四天王的其他人一樣，過了幾千年仍然完全不變啊。

他還是一樣，被困在對我扭曲到了極點的愛情，以及約定之中。

「遙遠的從前，你打敗了吾，低頭看著吾說，當你成就理想的那一天，就會殺了吾。吾也期盼被你所殺，所以才歸順於你。可是，結果卻是這副德行。吾枯等了多達數千年，嚐到多麼劇烈的精神痛苦，你不會懂。」

他流著眼淚的眼睛，這時蘊含了滾燙的怒氣。

「吾在你轉生為止的期間，一步步進行準備。沒錯，就是準備要氣你……以及準備最巔峰的鬥爭。為了創造能兼顧這兩個條件的狀況，吾拚了命在活動頭腦和身體。」

阿爾瓦特仰望天空，回想這幾千年時光似的望向遠方，一字一句說著：

「吾想到，要成就夙願，首先就需要有許多勞動者。吾將同胞『魔族』們統整起來，創

設了『拉斯・奧・古』。用上『邪神』會復活的虛言，他們就很順從地聽命於吾了。」

我本以為面具怪客＝阿爾瓦特，是這個組織的幹部，原來他其實正是這個組織的頭目嗎？

……這傢伙是純血的「魔族」，本來也是「邪神」方面的最高掌權者。

也因為他背叛「邪神」陣營後，仍受到許多「魔族」崇拜，所以要創設組織，多半是簡單到了極點吧。

雖然對於被騙的人，也只能覺得同情。

「吾創設組織，轉眼間就讓組織大幅度成長，然後總動員他們去努力收集從古代到現在的情報。其中一個目標是探索疑似你轉生體的人物，另一個則是……探索能夠折磨你，用來進行最巔峰最好的鬥爭所需要的舞台道具。這些努力沒有白費，現在，所有的材料都已經聚集到吾手中了。」

阿爾瓦特再度盯著我看。

他的眼中已經沒有淚水，只有純粹的強烈歡喜與瘋狂。

接著，他讓嘴唇透出邪惡的笑容。

喊出了實在無法置若罔聞的一句話：

「吾的搭檔卡爾米亞登場，證明的正是最後的重大要素——伊莉娜小姐的『邪神』化，已經完成了！」

伊莉娜的「邪神」化……？

阿爾瓦特在瞪大眼睛的我面前，一邊加深笑容，一邊施展了一個魔法。

是轉移魔法。

他身旁顯現出魔法陣……下一瞬間，一名少女被召喚出來。

是遠比我的性命更重要的人。我在這個時代認識的無二好友。

伊莉娜出現在這裡。

……想來多半是直到剛才都還在和艾爾札德打吧。

伊莉娜拿著聖劍瓦爾特．加利裘拉斯，全身沾滿鮮血，身上的衣服也破破爛爛。

她大惑不解，看看我，又看看阿爾瓦特。

看到這樣的伊莉娜，我產生了動搖。

她的外表沒有任何改變。

相信精神性也是一樣吧。

然而──

靈魂的本質，已經變得完全不一樣。

直到前不久，她的靈魂還是人類的靈魂。由於是「邪神」的後裔，有著少許特殊性，但仍屬於人類的靈魂。

然而現在，她的靈魂已經變得和「邪神」的靈魂一樣。

……面對這樣的變化，我才總算懂了。

懂了從我和伊莉娜認識到現在。

一切都被敵方所掌握。

過去發生在我們周遭的種種事件，全都是由阿爾瓦特引起……而他的目的，就是這些過程進行到最後時將會來臨的，伊莉娜的變革。

為什麼？

他要透過某種方式，利用變得和「邪神」同等的伊莉娜……

為的是在精神上逼得我無路可退。

「太美妙了！啊啊，太棒了，小姐(Fräulein)！妳進化得太棒了！」

阿爾瓦特眼神中有著熱烈的情緒，嘴角高高揚起。

下一瞬間——

他的一隻手上，出現一個小小的盒子。

這個純白表面上竄過多道黃金色流線的物體，外觀固然精美，看在我眼裡卻顯得有些毛骨悚然。

看來伊莉娜的想法也一樣。

在看到盒子的同時，她全身一震，有了提防。

提防之虞，眼神中有了強烈的目的意識。

也就是——破壞盒子。

我也是一樣的心意。

那是萬萬不能存在的事物。就是因為有了這種感覺，我才會和伊莉娜一樣，有了提防。

「沒用的，小姐（Fräulein）！既然妳已經完全淪為『邪神』——從今而後！妳就只可能變成用來實現吾願望的聖杯！」

在我有動作之前——

阿爾瓦特的行動已經結束。

「嗚，啊……！」

伊莉娜瞠目結舌，全身釋放出閃閃發光的流線。

這些流線被吸往阿爾瓦特手上的白色盒子……

過不了多久，她的眼睛失去了光芒，整個人倒在地上。

「伊莉娜小姐！」

我正要躍動身軀去抱住她。

阿爾瓦特已經搶先用轉移魔法，將她拉到自己手邊。

「不可以，吾的『魔王』。這個丫頭已經是獎品。現在被你碰到，吾可就傷腦筋了。」

我對嫣然微笑的阿爾瓦特產生了烈火般的怒氣。

「你這傢伙！……對我的好朋友做了什麼！」

只是發出怒氣，就讓大氣鳴動，地面裂開。

因應我怒氣而發生的天崩地裂當中，阿爾瓦特維持臉上的微笑，給了我回答：

「她沒有生命危險。吾只是把她變成了一個零件。用來讓這『奇異魔方』運作，並讓效果持續的零件。現在的伊莉娜小姐就是這樣的零件。然後——」

阿爾瓦特朝天高舉盒子呼喊。

彷彿在宣告末日的開始。

「夙願成就的時刻來臨了！」

彷彿在呼應他的熱情。

這時，白色盒子分解似的開始滑動。

不妙。

雖然不知道怎麼回事，但那玩意兒很不妙。

非得盡快破壞不可。

我這麼想，準備展開行動，然而……

對於眼前的事態，我的身體連一根手指都動不了。

魔法也同樣無法發動。

我就只能眼睜睜看著計謀達成的阿爾瓦特，聽著他說話。

「來，棋局的最後階段開始了！你就儘管克服這最惡劣的狀況，為了救回好友而來到吾面前吧！來到真正成了『魔王』的吾面前！」

隨後，白色盒子變化為螺旋狀。

從中放射出來的黃金色光芒，掩蓋了視野。

這就是我在阿賽拉斯的土地上，看見的最後一幅光景。

我明白自己意識將轉黑，咬緊牙關，在心中呼喊好友的名字。

伊莉娜。

在我腦海中浮現她面孔的同時——

我的意識，沉入了黑暗當中。

終章序曲　變了樣的世界

茫洋的意識中。

席爾菲．美爾海芬聽見有人說話的聲音。

「席……小……！把這……喝……去……！」

話語斷斷續續。嗓音讓席爾菲想到朋友之一的吉妮。

多半是她為了救自己而行動吧。

灌進口中的，大概是決戰前，跟亞德要來的藥劑吧。

席爾菲勉強留住漸漸逝去的意識，喝完了嘴裡的液體。

結果被狂龍王打出的傷害，轉眼間就痊癒了。

強得令她無法動彈的劇痛消失，即將失神的意識也明確到了一定程度。

（真不愧是亞德親手調製的藥劑呢。）

（可是……就算是亞德，似乎也沒辦法把副作用降到零。）

這實在是沒有辦法的事情。

所謂治療藥劑，就是一種強行讓目標的肉體活性化，藉此讓傷勢痊癒的藥品。

因此隨著使用者所受的傷勢輕重不同，也可能帶來重大的副作用。

如果是輕傷，副作用就只有治癒後感受到輕微疲勞的程度，但如果受的是像這次席爾菲所受的重傷，治療傷勢時，對身體的負擔就會極強……

（啊啊，有夠睏的。）

（不好意思，我出場就到這裡。）

（之後就交給亞德，我要先睡了……）

相信伊莉娜和吉妮，都有亞德去救她們。

席爾菲有了這樣的確信，輕而易舉地敗給了睡魔。

接著……

也不知道過了多久。

席爾菲感受到一種獨特的「搖晃」，醒了過來。

她嬌小的身軀，被某種堅硬的物體搖動。

席爾菲認為是伊莉娜、吉妮，又或者是亞德……

「嗯～～再讓我睡一下啦。」

她皺著眉頭，說出怠惰的欲求。

而她得到的回話是……

「咕喔喔喔喔……」

簡直不像人類的聲音。

應該說——

完全不是人類的聲音。

席爾菲對這樣的反應感受到一股惡寒，一邊揮開睡意，一邊睜開眼睛。

結果——

她目睹到驚人的光景。

直到前不久，她應該都還睡在阿賽拉斯首都王城的遺址，然而……

現在席爾菲莫名地身在森林中。

花草樹木生長茂密，野獸與蟲鳴聲音不絕於耳。

接著——

在這種地方叫醒她的，既不是伊莉娜或吉妮，也不是亞德或奧莉維亞。

而是一隻巨大得需要仰望的巨腳龍。

是有著發達雙腳的蓋亞龍當中的一種。

牠巨大的臉就近在眼前……

「呃，謝謝你叫我起床。那我有點急事要辦——」

「咕喔喔喔喔喔喔喔喔喔喔！」

這時，巨腳龍巨大的嘴張開，一口朝少女咬來。

席爾菲不及細想，往後跳開，躲過了咬來的利牙。

接著她確定手上握著聖劍迪米斯．阿爾奇斯。

「真是的！今天真的是看龍的好日子啊！」

面對巨大的敵人，她毫不畏懼，舉起聖劍。

「雖然我也搞不太清楚狀況！不過總之，我就先解決你吧！你這隻大蜥蜴！」

席爾菲準備解放聖劍所擁有的駭人力量，一發打倒敵方……

她是想這麼做。

「……奇怪？」

為了引出聖劍的力量，席爾菲灌注魔力。

然而她的搭檔毫無反應。

「呃，迪米斯，你在做什麼啊？趕快發射那超氣派的光線啊。喂～～」

她一邊呼喚，一邊灌注魔力。

然而即使如此，聖劍仍沒有任何反應。

「該不會是在跟那個叫做艾爾札德的龍打過，發生了什麼問題？」

既然如此，那麼雖然有些麻煩，但只要用自己的魔法技術應戰就可以了。

席爾菲想到這裡，就要施放攻擊魔法來起個頭。然而——

「……奇怪？」

什麼事都沒發生。

理應已經發動的魔法，並未顯現。

「呃……」

面臨這種異常事態，席爾菲冒出冷汗，接著……

「我覺得人和龍可以當朋友喔。所以吃我這件事……」

「咕嘎啊啊啊啊啊啊啊啊啊啊啊啊！」

巨腳龍二話不說地撲來。

席爾菲背向牠，全速飛奔。

「啊啊，真是的！現在是什麼情形啊啊啊啊啊啊啊啊啊啊啊啊啊啊啊！」

廣大的森林中。

由「動盪的勇者」展開的孤獨求生戲碼，就在此刻開幕了。

◇◆◇

伊莉娜成功地揍飛了那可怕的狂龍王。

目睹到這個結局的瞬間，吉妮嘴上露出笑容，對好友送出讚賞的話語：

「呵呵，真有妳的。不這樣，可不值得我跟妳較勁。」

伊莉娜是她的好友、她的情敵，同時……也是她崇拜的對象。

吉妮祝福著這樣的伊莉娜，同時切身感受到自身的意識迅速淡去。

「能來到這裡……真的是……奇蹟……呢……」

被艾爾札德以手刀刺穿腹部後，吉妮服用了亞德給她的緊急用藥劑。這讓她保住了性命，然而……

藥劑特有的作用，以及嚴重的貧血，讓她根本無法正常行動。

吉妮忍耐著副作用，趕到了伊莉娜身邊，但現在已經沒有必要硬撐。

她躺到地上，閉上了眼睛。

心想著等她恢復意識時，應該一切都已經解決了。

吉妮落入了深沉的睡眠。

接著——

醒來的同時，她覺得不對勁。

臉頰傳來的觸感十分柔軟。

自己應該是睡在碎裂的石板上……

是被民眾送去了醫療院所嗎？

不對，不是這樣。

從臉頰傳來的這種觸感和氣味，不是床。

是泥土。

自己現在是倒在泥土上。

有了這種理解的瞬間，吉妮在不解當中睜開了眼睛。

「這裡……是……」

至少可以理解，這裡不是阿賽拉斯的首都。

醒來的吉妮眼中所見到的，是一片陌生的平原。

四周飄著濃厚的霧氣，只看得見附近一小圈的狀況。

吉妮在這令人不舒服的平原中站起。

「……就算等在原地，也未必會有人來救助吧。」

雖然狀況令人莫名其妙，但還是先行動吧。

吉妮有了這樣的想法，一邊警戒四周，一邊慢慢邁出腳步。

她小心翼翼，毫不大意地前進。

走著走著，濃霧中，看見有某種輪廓出現在眼前。

「這是……圖騰柱……是嗎？」

她不太懂這圖騰柱是仿什麼而造。

面對這太獨特的擺設物，吉妮手按下巴，喃喃說著：

「對了，記得他們說過，伊莉娜小姐的村子裡就有圖騰柱呢。」

這個圖騰柱，特徵和以前聽他們說起的那種完全一致。

那麼這裡會是亞德他們出生的故鄉嗎？

「不，可是，記得他們兩位的出身地，應該極少會起霧。而且最重要的是，為什麼我會被送到這裡……」

她不明白。

眼前的狀況，全都讓她不明白。

吉妮開始對這令人太不舒服的現實反感。

這個時候——

她發現濃霧的另一頭，有東西在動。

「會是村莊那邊嗎？」

正好。

光是知道這裡是哪裡，精神上應該都會輕鬆些吧。

吉妮想到這裡，在霧氣裡，接近狀似村民的人。

接著她瞪大了眼睛。

「這、這是……」

她凝視著眼前所見的事物，冒出冷汗。

陌生的村子裡，呈現出一片駭人的光景。

◇◆◇

白色的盒子開啟，黃金色的光芒遮住我的視野後不久。

我轉眼間失去意識……

「……喂！來……！……德！……起來啊，亞德！」

這個時候——

熟悉的嗓音，拍打我的耳膜。

緊接著，一種有點飄浮的感覺來臨。

是我的意識清醒了。

「嗯？你醒啦？」

睜開眼睛的同時，精靈族少年映入我的眼簾。

是艾拉德。

我看清楚是他後，環顧四周。

……是學校的教室。

這表示我是被阿爾瓦特傳送到這裡來嗎？

到底是為了什麼？

他的企圖固然令我好奇，但我更好奇的是……

「我說亞德，是你的話，應該知道發生了什麼事吧？」

艾拉德看著我的眼睛這麼說。

他針對教室內蔓延的異常狀態，對我問起。

「這霧氣到底是什麼情形？」

沒錯，是霧氣。

教室內……不，看來連室外，也都籠罩在濃厚的白色霧氣中。

「這些霧氣突然蔓延開來。然後，你就突然出現在教室了。」

我一邊聽艾拉德說話，一邊再度環顧四周。

……想來多半是正在參加暑期補習講座的學生與講師們，都盯著我看。

眾人的臉上不約而同地有著不安。

……坦白說，我沒有心情為他們著想。

因為伊莉娜被擄走了。

這樣的現實，從我腦內奪走了言語。

「……原來如此啊。所以發生了不妙的事情是吧？」

艾拉德似乎從我一句話也不說的模樣，察覺到了些什麼。

他手放到我肩上，對我說：

「不用解釋情形。你只要想著你該做的事情就好。」

「我該做的事情……」

想也知道。

是救出伊莉娜。

除此之外的事，就如艾拉德所說，不是我該考慮的問題。

「看來你得出答案啦。那麼，就趕快把事件——」

事情就發生在艾拉德笑著說到一半時——

「咕，嗚……！」

他突然十分難受。

不對，不只是艾拉德。

待在室內的所有人，都難受得出聲。

「亞……亞德……！」

「身……身體，好奇怪……喔……！」

「救救……我……！」

迴盪著呻吟聲的室內景象，呈現出一片筆墨難以形容的慘狀，映入我的眼簾。

接著……

「咕，嘎，啊。」

艾拉德。

還有其他學生。

身體都產生了變化。

「咕咯，嘎，啊。」

「齁齁，嘎，嘎。」

「咯……咯咯！」

大家喉嚨發出怪聲，肉體脈動，發出聲響。

「這是什麼情形……！」

眼前展開的異常事態，讓我瞪大了眼睛。

人類──漸漸變成怪物。

有的人成為大團觸手。

有的人變得像是縫合獸。

更有人變成難以形容的怪物。

接著，艾拉德也一樣。

「咕咯，咕咯咯咯咯咯咯！」

變成了就像豬形怪物似的可怕模樣。

……這無疑是阿爾瓦特做的。

是那個盒子，招來了這樣的事態。

「把我轉移到這裡，是為了讓我看到朋友變化為醜陋怪物的場面嗎……！」

為的是在我心中製造出更強的敵意。

我能夠清楚地了解到他的這種意圖。

「……也好。過去的約定，我就履行給你看。」

不只是擄走我無二的好友，甚至還對這群我想共同建立光明未來的人們伸出魔手。

我絕對再也不會原諒他。

我一定要拿下阿爾瓦特的人頭，親手搶回我的朋友。

我懷著強烈的目的意識，看著眼前已經變得不成原形的朋友們。

「在救出伊莉娜之前，首先得把大家變回原來的模樣才行。」

這多半是某種魔法造成的吧。

只要以我的異能解析這些魔法，然後開發出復原的魔法即可。

這非常容易。

「請等一下，我馬上解析——」

我對已經完全變了樣的艾拉德說到一半。

我感受到了強烈的不對勁。

「……這是……怎麼回事？」

我試圖解析，但沒有平常的感覺。

我的異能不發動。

不對，不只是這樣。

我的身上，已經失去魔力的流動。

這也就代表著——

「阿爾瓦特不但奪走我的朋友，連魔力也奪走了嗎……！」

處在這實在太惡劣的狀況下，我只能咬牙切齒。

◇◆◇

拉維爾魔導帝國古都金士格瑞弗。

奧莉維亞．維爾．懷恩辦完了事，回到這古老又懷念的城市。

身旁有著過去曾是同僚的少女維達．阿爾．哈薩德。

「真是的，要我找的盡是些不知道為什麼這麼費工夫的素材。這下如果妳製造出來的裝置沒有用，我可不會放過妳。」

「嘎哈哈哈！這點妳放心！因為這是今後絕對需要用到的裝置！」

金髮少女維達披著白外套般的獨特服裝。

她是知名的流浪天才學者，但這陣子莫名地以金士格瑞弗為據點，致力於製造一種神祕的魔動裝置。

這次奧莉維亞之所以被找來，也是其中的一環。

「……關於妳製造的魔動裝置，也差不多可以告訴我詳細情形了吧？」

當然了，她不可能不好奇。

然而，維達對於這個問題，始終都只做出含糊其詞的回答。

奧莉維亞本來以為，這次她也會做出大同小異的回答。然而──

「也對。畢竟如果我的推測正確，已經差不多要開始了。要說明詳細情形，大概也只有現在了吧。」

令人意外的是，維達一臉正經地說出這樣的話。

於是她說出關於裝置實際情形的內容……

就在她正要開口時──

奧莉維亞感受到一股奇怪的惡寒。

是有可怕的事情要發生的前兆。

她才剛感受到這種感覺。

走在大街上的兩人周圍，發生了異狀。

濃霧毫無預兆地發生，蔓延到整個城市。

接著，眼中所見的所有平民都開始苦悶……

「咯，嘎，嘎。」

「嘰，咿，咿。」

「咕齁，咯，啊。」

他們發出怪聲，全身漸漸變形。

實在太異樣，又太駭人的光景。

可是，無論奧莉維亞還是維達，都是人稱四天王的人物。

她們沒有會因為這點狀況就動搖的心。

「唔。妳所製造的裝置，就是用來因應這種事態的嗎？」

「正是如此～奧莉維亞！說得更清楚一點，應該是用來在阿爾開始的遊戲中獲得勝利的裝置吧！」

「……妳說阿爾？這該不會是……」

「嗯。就是我們以前的同僚。」

這句話，讓奧莉維亞能夠推敲出大致的情形。

眼前的光景，多半就是阿爾瓦特一手造成的。

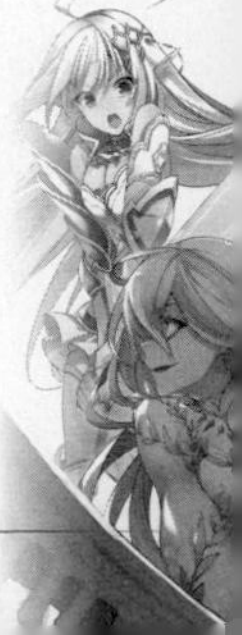

而且──

過去所發生的事件，甚至這次的戰爭，多半也是他在背後操縱。

一切都是為了和亞德．梅堤歐爾……

也就是和「魔王」瓦爾瓦德斯，演出一場至高無上的鬥爭。

「維達啊，妳早就知道事情會變成這樣嗎？」

「沒有啊。幾時會在什麼樣的時機發生什麼樣的事情，我沒那麼清楚。只是，我一直覺得肯定會發生些什麼。然後，我對發生時期做出預測，得出大概是在今天或明天。」

平民在眼前悉數變成怪物的情勢下。

維達仍不改開心的賊笑，繼續說道：

「就在前幾天，阿爾來跟我接觸。我們聊了很多，最後他對我說了這樣一句話。他說：

『妳要不要和吾一起，享受和主上的鬥爭？』」

「……妳怎麼回答？」

「我說，如果我去了阿爾那邊，他的陣營裡就有四天王當中的三個。相對的，小瓦的陣營就只剩奧莉維亞一個。這樣不太公平吧？所以我要選小瓦這邊。我這麼一說，他就笑得很高興。看樣子，他好像也很想跟我一戰啊。」

他這種徹頭徹尾的戰鬥狂作風，讓維達哈哈大笑。

她們談話時，平民的變化仍在進行……

「好了，外觀上完全已經不是人類，就不知道還有沒有身為人類的意識。」

奧莉維亞正視的方向上，有著無數怪物佇立。

一群本是人類的可悲怪物。

怪物們一看到她們兩人，瞬間發出了吼叫。

「嘎嘎啊啊啊啊啊啊啊啊啊啊啊啊啊啊啊啊啊啊！」

看來已經完全失去了自我。

大群怪物湧來，想危害她們。

「嘖，真夠麻煩的。」

奧莉維亞拔出劍，迎向直逼而來的大群怪物。

奧莉維亞是名頭響亮的史上最強劍士，她的劍技實實在在是出神入化。絲毫不把壓倒性的數量當一回事，轉眼間就把大群怪物收拾乾淨。

但話說回來，她並未讓任何一人斃命。

全都是用刀背打。

雖然現在成了怪物，但相信有朝一日，應該能讓他們恢復原狀。

沒錯。就是透過這自稱有著神之頭腦的天才魔法學者之手。

「……真沒想到會有這麼一天，得把妳當成決定勝敗的王牌來依靠啊。」

她半嘆氣地呼氣，看向維達。

結果——

「嗚哇！等等！這位客人～～！我們店裡禁止摸摸的！」

維達露出拚了命的表情，冒出冷汗，閃躲怪物們的攻擊。

看到她這樣，奧莉維亞投以疑問。

「妳磨蹭什麼？反擊不就好了？」

「我想反擊也反擊不了啊！畢竟我的魔力被封印了嘛！」

「……妳說什麼？」

聽維達一說，她才總算發現。

的確，體內已經失去了魔力的流動。

這也是阿爾瓦特的奸計之一嗎？

只是話說回來，奧莉維亞的心中並沒有動搖。

畢竟她幾乎完全無法使用魔法。

從以前就是這樣。奧莉維亞沒有一丁點魔法方面的才能，選擇將獸人族特有的身體機能與劍術發揮到極致的這條路，在戰鬥中一次都不曾用過魔法。

對這樣的她而言，魔力遭到封印的狀況，沒有什麼大不了。然而——

「維達，包括妳在內，對擅長魔法的人們來說，這個狀況想必太艱辛了吧。」

「就是啊！妳說得對！所以快點救救我！我求求妳！」

天才學者似乎愈來愈難受，開始喘著大氣。

奧莉維亞看著她這種模樣嘆氣，一瞬間逼近敵方，悉數砍倒。

「妳沒事嗎？」

「呼……呼……！多……多虧妳……就是了……！」

這樣一來，這一帶的怪物都解決了。

然而……金士格瑞弗的居民有數萬人之多。

如果這些居民全都成了怪物——

「咕嘎啊啊啊啊啊啊啊啊啊啊啊啊啊！」

「沒空一一陪他們耗了啊。維達，我們用跑的！」

「咦～～我對體力沒有自信啊～～揹我啦，奧莉維亞。」

維達似乎是在剛才那一番閃躲中耗盡了體力，癱坐在地上。

「……嘖。等這件事解決，妳要努力增強體力，知道吧？」

「好～～我會準備這樣的藥。」

不運動而是靠科學，這種想法的確非常有維達的風格。

奧莉維亞揹著這樣的她，飛奔在籠罩於霧氣中的街上。

她要去的，是維達作為據點的研究設施。

「得盡快完成魔動裝置才行，是吧。」

「嗯。因為要贏得勝利，那是絕對必要的。」

奧莉維亞不經意地對說得悠哉的維達問起：

「……有勝算嗎？」

「這個嘛，坦白說，是最壞的狀況。大概比我想定的內容還糟得多吧。贏得了的機會，我想只有百分之幾吧。這點即使小瓦拿出真本事也不會改變。」

聽到這個回答，奧莉維亞哼了一聲。

「百分之幾是吧。既然這樣——」

「嗯，實質上就像是百分之百。」

只要可能性不是零，勝算這種東西多得是方法可以積累。

他們就是透過這樣的方式，在幾千年前的戰爭中贏得勝利。

這樣的自負，讓她們兩人萌生了自信。

而維達抓在奧莉維亞背上，賊笑著說：

「遊戲才剛開始呢。」

◇◆◇

阿賽拉斯聯邦首都哈爾・席・帕爾。

這座以頗有情懷的木造建築街景知名的都市，如今已然淪為怪物們囂張跋扈的空間。

籠罩在濃霧中的怪物樂園。在這樣的都市正中央，被艾爾札德破壞的王城卻完美地復活。

現在，這裡成了他的大本營。

「大群怪物之中，在無人的城堡裡等候的一個男人。哼哈哈，不折不扣是童話中的『魔王』。你也這麼認為吧，萊薩・貝爾菲尼克斯？」

寬廣的謁見廳裡。

阿爾瓦特坐在玉座上，蹺起腳來，而一名老將站在他身前。

老將微微點頭，說出對現狀的所感。

「理想國的形成，這個目的等於已經達成。以『奇異魔方』支配平民的精神，並設定足

下……也就是『魔王』這個共通敵人的存在，帶來團結。一切都如我等的盤算，展現了完美的連動。」

「奇異魔方」。

那是以「邪神」的靈魂作為能量來源來運作的現實改變裝置。

以前阿爾瓦特奉為主人的「邪神」，是「勇者」莉迪亞之父、伊莉娜的始祖，同時也是瓦爾瓦德斯一輩子痛恨的敵人。

阿爾瓦特就是利用這樣的一尊「邪神」所留下的可怕裝置，改變了世界。

表面上，是改造成萊薩所追求的理想國。

阿爾瓦特歌唱似的述說起他所安排的詳細內容：

「大陸的一半，是被霧氣籠罩的怪物世界；另一半，是受到太陽庇護的人類世界。人與人之間沒有歧視也沒有偏見，每個人都能互相攜手共進，過著平靜的日子。但平靜會產生無聊，無聊會產生瘋狂。因此，為了不讓人們困在瘋狂之中，我準備了一定程度的刺激。那就是吾——『魔王』阿爾瓦特與怪物的大軍。」

無論進行什麼樣的意識改革，人類的本質都不會改變。

萊薩很清楚這點，構思出了一種維持理想國的體制，那就是設定對人類而言的共通敵人。

有敵人存在，可以藉此讓人們堅定地團結。

這樣的體制持續下去，理想國應該就能維持得十分穩固。他就是想到了這樣的方法。

「本次先就大陸的內部實施，作為先行測試，觀察情形。之後加上一些調整，等得到期望的成果那一天——」

「就將大陸內的狀況，拓展到全世界。」

「正是。到時候，還要再請足下協助。」

不容他不答應。

看到萊薩這樣的表情，阿爾瓦特回以嫣然的微笑。

「是啊，你的期望吾會全部實現。畢竟我們本來就是在這樣的契約下聯手。然而萊薩愛卿，吾也不是想做白工。這點你可明白？」

「……嗯。儘管十分惱人。」

萊薩重重地點了點頭。

在他看來，理想國的完成率大約在九成。

沒錯，並不完美。

最重要的原因，就是亞德．梅堤歐爾等不確定因素。

既然用了「奇異魔方」，要消除他們的存在也是辦得到的。

明知如此，阿爾瓦特卻特意不這麼做。

一切都是為了上演一齣極致的鬥爭……

對自己的人生，打上最好的休止符。

萊薩對他的這種企圖瞭如指掌，除了嘆氣還是只能嘆氣。

「……吾人本就接受這契約的內容。叛亂分子的存在固然令人不愉快，但並不是不可以去排除。不是嗎？」

「正是正是。你反而應該積極地努力從事排除運動。對方魔力被封住，相反的我們則可以全力運用魔力。是不折不扣的一面倒遊戲。儘管讓他們嚐到地獄的滋味吧。」

萊薩很清楚。

清楚這番話並非他的真心。

阿爾瓦特由衷盼望的，是亞德他們被萊薩打得陷入困境，但仍克服困難而來到他身前的瞬間。

「……與足下的契約吾人自會遵守。然而，足下所盼望的場面，絕對不會來臨。」

萊薩留下這句話，發動了轉移魔法。

他回到了自己的據點。

他前腳剛走，卡爾米亞後腳就在阿爾瓦特身旁顯現出來。

「喔喔，妳回來啦？那麼吾的搭檔啊，那位狂龍王大人怎麼樣了呢？」

「……我判斷短時間內查不出下落。」

「哦？」

阿爾瓦特高興又開心地讓他美貌的臉上露出了笑容。

「妳怎麼想？她會迎合我們嗎？還是會貫徹無關心的態度？又或者……」

「採取意外的行動，這樣的可能性，也不是零。」

聽到卡爾米亞的回答，阿爾瓦特露出陶醉的表情，仰望天花板。

「所以我們最後的鬥爭，又多了一種色彩。太美妙了。啊啊，實在太美妙了。」

阿爾瓦特以心滿意足的聲調喃喃說著，陶醉在妄想的世界中良久。

「這一切的一切，全都多虧了有那個少女在。」

阿爾瓦特這麼說完，立刻與卡爾米亞轉移到了另一個房間。

寬廣的客房。

放在客房正中央的一張有天蓋的豪華大床上。

令人憐愛的精靈族少女——伊莉娜，就躺在床上。

「啊啊，美麗的小姐，妳現在作著什麼樣的夢呢？是自己遭到蹂躪的那種最糟糕的惡夢？又或者是自己遇到苦難時朋友趕來相救的，對妳有利的夢？……不管是哪一種，妳的夢

要成為現實，還需要一些時間。」

阿爾瓦特輕輕撫摸伊莉娜的銀髮，妖豔地笑了。

「在這之前，就讓吾把自己的半生說給妳聽吧。也許沒什麼意思，但至少可以慰藉無聊。」

後記

各位讀者好久不見，我是下等妙人。
當這第六集送到各位讀者手上時，季節是否也已經來到寒冬了呢？
對我而言，冬天是非常美妙的季節。
我的體質怕熱不怕冷，完全不開暖氣。因此電費好便宜好便宜。
另外，冬天也是個火鍋吃起來非常美味的季節，所以可以吃火鍋吃到膩。
最重要的是……

蟲子之類的，幾乎都不會跑出來。

不是我自誇，我對蟲怕得要命。
去年夏天真的是夠慘了。
事情發生在我想忘也忘不了的七月。

那天到了晚上還是非常悶熱，相信對那些傢伙而言，是絕佳的活動良機吧。

那傢伙睽違許久地出現在我房間。

尺寸並不是很大。對於有抵抗力的人而言，多半小得可以一笑置之。

然而討厭蟲子的我，一看見那傢伙的瞬間。

「啊啊啊啊啊啊啊啊啊啊啊啊啊啊！」

我就像某張土撥鼠大叫的哏圖那樣，發出大音量呼喊。

這一喊，為那傢伙與我的深夜激戰揭開了序幕。

那是一場非常安靜的戰鬥。

那傢伙雖然小型，卻也有一定程度的大小。換做是平常，應該會發出振翅聲飛起來……

但我所對抗的個體，卻有著無音飛行的異能。

因此，一旦跑出視線範圍，就不可能靠振翅聲來找出位置。

在這種最惡劣的狀況下，我瞪著攀在牆上的那傢伙，躡手躡腳地動了。

我慢慢地、小心翼翼地避免刺激那傢伙，拿起隨時放在室內角落的殺蟲劑……一氣呵成地噴了過去。

噴射漂亮地捕捉到那傢伙全身，本以為就要燒盡那傢伙的生命，然而——

「唔喔喔喔喔喔喔喔喔喔喔喔喔喔！」

彷彿在說這些沒用，那傢伙朝我的顏面展開了衝鋒。

我勉強躲開了敵方的攻擊，但其異能仍然生效。那傢伙透過無音飛行，轉眼間就從我眼前消失。

這個時候，時間已經來到凌晨三點。為了翌日也能順利進行撰寫原稿等工作，本來這個時間我已經非就寢不可，但大敵當前，我總不可能去睡。

我尋找那傢伙。全身冒著冷汗，紅了雙眼。

就在我一邊找，一邊剛拿起另一罐殺蟲劑之後。

「找到啦啊啊啊啊啊啊啊啊啊啊！我找到啦啊啊啊啊啊啊啊啊啊啊啊啊！」

我就像電影《終極戰士》中登場的黑人隊員（名字完全想不起來）那樣吶喊著，噴射殺蟲劑。

上次是一罐。可是，這次是兩罐。

那傢伙再怎麼耐命，在我的雙重・噴射・殺蟲下，也只能墜地。

但那傢伙仍為了活下去，爬在地上痛苦掙扎……

我當然不會手下留情。

我使出最終・噴射・噴霧，給予致命一擊，獲得完全的勝利。

我一邊擦著額頭冒出的汗水，一邊喘了一口氣。

心中充滿了成就感，接著露出了笑容。

贏了。我勝利了。贏得完全、完美。

我就這樣陶醉在勝利的美酒中，然而——我忽然發現一件事。

發現現狀對我而言，糟糕到了極點。

「……這屍體，我該怎麼處理才好？」

於是，深夜的戰鬥再度揭開了布幕……

——最後是謝辭。

以對本集也提供了美妙插畫的水野老師為首，承蒙許多人士鼎力相助，真的是感激不盡。

對於拿起本書的各位，也要送上超越極限的感謝。

就讓我期待下一集還能再相見，暫且擱筆。

下等妙人

魔王學院的不適任者～史上最強的魔王始祖，轉生就讀子孫們的學校～ 1~6 待續

Kadokawa Fantastic Novels

作者：秋　插畫：しずまよしのり

不知是偶然還是某種因果，
究竟是真實還是謊言——

為了回想起轉生時缺失的記憶，阿諾斯潛入自己的過去。夢中的自己比現在稍微稚嫩且不成熟，但是為了守護重要的妹妹挺身而戰。與此同時，阿諾斯來到神龍國「吉歐路達盧」，統治該國的教宗戈盧羅亞那卻宣稱亞露卡娜是創造神米里狄亞的轉生！

各 **NT$250~320/HK$83~107**

國家圖書館出版品預行編目資料

史上最強大魔王轉生為村民A. 6, 前村民A/下等妙人作 ; 邱鍾仁譯. -- 初版. -- 臺北市 : 臺灣角川股份有限公司, 2022.02

面 ; 公分. -- (Kadokawa fantastic novels)

譯自 : 史上最強の大魔王、村人Aに転生する. 6, 元・村人A

ISBN 978-626-321-213-8(平裝)

861.57 110021311

Kadokawa Fantastic Novels

史上最強大魔王轉生為村民A 6

前村民A

（原著名：史上最強の大魔王、村人Aに転生する6元・村人A）

2022年2月24日 初版第1刷發行

作　者：下等妙人
插　畫：水野早桜
譯　者：邱鍾仁

發 行 人：岩崎剛人
總 編 輯：蔡佩芬
編　輯：黃怡珮
美術設計：宋芳茹
印　務：李明修（主任）、張加恩（主任）、張凱棋

發 行 所：台灣角川股份有限公司
地　址：104台北市中山區松江路223號3樓
電　話：（02）2515-3000
傳　真：（02）2515-0033
網　址：www.kadokawa.com.tw
劃撥帳戶：台灣角川股份有限公司
劃撥帳號：19487412
法律顧問：有澤法律事務所
製　版：尚騰印刷事業有限公司
ISBN：978-626-321-213-8